GuRu

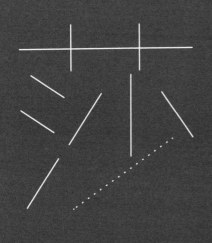

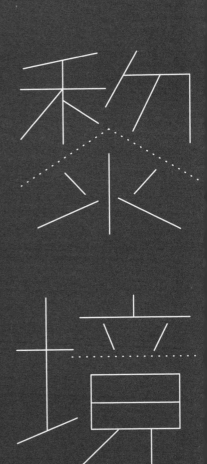

幻 的 莎
境 黎

曼星 著

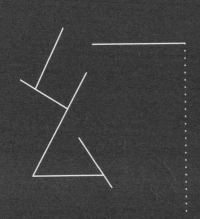

上海三联书店

曼蔓小友雅正

莎莉的
幻境

辛丑
荣邦

# CONTENTS
# 目录

自序

她是一个二元论的产物，在这个画卷一样的空间里，她不似野兽，也成不了神明。她像是一个被视为禁忌的存在，然而即使被杀死，也不会消逝。

她是永生不灭的，一遍一遍重复着死亡与新生的过程，在每一个故事里，扮演着救赎者、审判者与牺牲者的角色。有时候，她会像人类一样，拥有七情六欲，也能感知到人类情感的美好。有时候，她完全就是一个冷酷而极度清醒的审判者与杀手。

以她的视角，我们探讨了诸多曾经被我们回避或者不敢正视的问题。例如：人工智能是否具有人类的情感？处死人工智能体是否人道？为什么人类会排斥异端？濒临死亡时看到的会是什么？永生究竟是极乐还是另一种形式的极端痛苦？

在莎黎的世界里，这些连续性的故事，环环相扣，就如同她一手建造起的一个神秘国度。在这个国度里，快乐与悲伤并存，生存与死亡并存，有时以最天真无邪的孩童视角，对人性的复杂进行慈悲的凝视，有时以更高维度的先知者视角，为善恶无分真假难辨的世界作出最后的判词。

主角在无数个轮回中，以无数种方式死去。然而每一次死亡都是救赎，每一次救赎又让她获得了新生。生命的本质究竟是快乐还是痛苦，笑对一切的人就真的没有忧虑吗？还是说我们要以痛苦的姿态去拥抱最真实的痛苦，才能逃离假象中的乌托邦漩涡。

生物的本能究竟是善是恶？一切基于二元而生，是否在二元的定义全部被粉碎时，一切也随之消亡？一切消亡后的空间会被称为什么？执着于痛苦者，以死亡将一切落下帷幕，成就最华美的乐章。执着于快乐者，在一切颠倒是非终成假象时，才发现自己执着的只不过是痛苦本身。对错与利弊，在一个没有道德审判的世界中，失去约束的人类，他们的本性究竟是善还是恶？

当弱小者成为强权者，当伪善者成为牺牲品，当身在苦难中的人们抽离了痛苦，当审判者的天平终于开始摇晃，每一个你苦苦期盼的救赎，是否将成为下一个深渊？

跨越了时间与空间，跨越了国度与种族，跨越了感性与理性。我们究竟为什么而活？理想还是信义？地位还是功名？情感还是教条？我们为什么而战？信仰还是自由？创造一个绝对公平的乌托邦，还是一个残酷而现实、充满了纷争的世界？以莎黎的视角，在从秦汉时期到未来异世界的旅程中，我们从主观与宏观两个层面，对以上问题进行了一场探索。

存在的终点就是导向毁灭，毁灭的尽头又是获得新生。一切的起源是否只是一场泡沫？一切的终结是否是圆满本身？莎黎，究竟是一个审判者，还是一个救赎者？

或者说，她即为万物，万物即为她。

莎黎的祈愿

# 空港

胜负与爱恨是离群之鸟犹自彷徨

不想沉溺在隔岸的恐慌与跌堕中

像一条鱼挣扎着避免溺亡

那一瞬间一闭眼就跌落在无尽霓虹

世界上还有空洞的回声

和我彼此依存彼此相拥


欲望的深渊与童年的协奏曲是你的迷航

那下坠的几秒钟

被潜意识无限延长

跌入绚丽时间线缥缈的光景

它宛如游鱼离不开海底繁星

不像花易散人走茶凉

那些温柔片段闭眼都是过往


潜意识里欲望一遍遍重演着暮光

隧道尽头犹如纯白光环一般迷惘

飞跃无间星云与乌托邦

坠落无尽海底和机械城

星光闪烁是消亡的神灵

执迷着一个错误的决定

抉择的瞬间残忍而苍凉

旋转画面是白色气氛纸和无影灯

众人欢声笑语 恍若隔世皆作假象

感知被分裂重构 是无数次溯洄空境


恍然人生电影大幕何时落于尘光天际

看闪烁苍穹

监视器中我变幻又旖旎 如此陌生

祈祷这一切走马灯般的回忆骤停

直至失去笑颜 是逃离还是重回乌托邦

感知出离于四维空间 你笑得仓皇

看着世界反复重写 哪一遍最难忘


温柔绵软片段将我圈住又落空

是那年初夏夕阳与南风过境

还是控制不住想起那些虚虚实实记忆中

时光重现又抹去 是温热又炎凉

像白光消湮在金色路尽头的纯白海床

海底是五色漩涡摇曳着幻光

什么时候能完美控制记忆与霓虹

不再呼吸急促想要逃离漆黑幻梦

魑魅一般砸向黑夜 是一场楼台一场空

弧光与星弦化作风筝上流苏和一抹残红

晚风温柔摇曳到尽头 光芒化作沙砾空凉

溺死于温柔和幻光

早知挣扎不出残影

却越来越迷恋在无力中挣扎

任由坠落沉溺四光年外流浪

看着世界像星辰般散作芳华与异象

坠落在漩涡之中 蜉蝣臆想彼岸寒霜

任由世界消湮 月见草错落影像

义无反顾坠入尘茫黑夜与空港

再也不想挣扎看时间归于沧桑

那道光再度飞跃随着它也翱翔

懵懂看它不比如今皆过客凄凉

云雨巫山隔日薄情如黄粱一梦

薄荷蓝的夏天是满城声色喧嚷

感知出离于身体如同旧影院昏黄灯光

时间童话中悲欢也消失融解成星芒

银海凝固流光倾泻吞噬往昔散遗世芬芳

沉沦于温柔是世人本能

越是贪恋就越控制不住又何谈淡忘

曾是风月场中人如今身在风月中

欲壑难填酿成了人间荒谬与悲伤

失乐方为极乐是绝境中拯救祈望

渺远巨大光环是意识蔓延在空港

时间从未流逝从未归零

流逝的不过是芸芸众生


# 昙花

看昙花变成雨滴

星弦坠没 光环无边无际

似裙摆似你身影似七秒的回忆

所有悲伤 伸手却无法企及

光年之外流浪 将时间放逐抛弃


轨迹变幻的两极

旖旎着你的绮丽

思绪将我囚禁 你与月色皆失

永路朝夕 今夕何夕

是尽头 是波澜 似断崖之处再度被阻滞

失乐不过极乐之时


谁又能将视象浮离

仿佛模糊的你早已退无可退

每座灯塔交汇于遥不可及的距离

浮光掠影缭乱 我越过云端能否逃逸

虹色诗篇埋葬在永夜里

须臾的久远化作莎图温遗迹


凛冽日光洒落手心化作沙砾

无昼无夜的海床消亡了默数的痕迹

像光芒像辐射像何年何夕

你融解了暮光偏离运行轨迹


眼角滑过流星是残存的归期

滑落胸膛心律的弦音沉入海底

意识跌入裂谷再度被吞噬

忘却断崖边回身微笑的绚丽


仿佛轮回在假象之中无休无止

死而复生终而复始

还在幻想碑石上月见草复写出字迹

数不清多少光芒棱边化作灯盏消逝

海风吹过 那年曾停留的星迹

跌入未知远方 直到自我抽离


夜空星轨掠过 是参不透的诗

似勾勒不出轮廓似你的痴你的执

能否飞跃被拮抗的区段或坠入漩涡底

融化在丝丝环环中 莫辨意义

命数堪堪得圆满 不徐不疾


情愿坠落在你的宇宙里

浮光化成幻景我看它重演又消失

蜉蝣之禅是姗姗又来迟

钟轮虫在对立面将一切分为两仪

无形光晕是轮回的终点线与周期


昙花凝滞空白 还来不及为你

跃过最后的维度沉没在天渊游弋

再叙这风月无边 刹那的罅隙

# 你

也许我的记忆 终究难以企及

在久远时光罅隙 它缠绵又旖旎

若它有心迹

渺短悠长距离 回忆爱上本体

转过那虹色纹理 是下坠的星迹

忧怖故执迷 放任却绮丽


飞过时间循环周期

九九归零却一心一意

说不清撤离

七重纱幕似清醒却又悬溺

你说更远是时间的真正意义

定义尽头消逝了时间的纵横轨迹

也落入虚无的你


你说是亲昵 步步为棋

全盘皆弃

情字空洞似彻悟却又执迷

你说不如就放任流光消逝

蜃影彼岸逆行了月蚀浊酒俗诗

也沉沦俗世的你

你眼中暮光 耗成空白

与蜉蝣无异

清醒之人如斯 难免落俗偏执

执着千篇一律纹理 灯塔缱绻浮离

万千皆唯一 万物皆交集

诸相非相绫罗纸笔

万般所见是宇宙更替

众生皆沉溺

久远更远皆是虚妄 你独失

消逝飞逝是另一种美丽

环游浮光掠影在那 另一种感知

镜花水月却可及

别算尽心机 结局早已了无意义


情弦星弦夜风凉跌入雾霭

人海沧海皆炎凉客不复来

空白旁白坠没是温柔若即若离

无处逃的你 无可避的你

才惊觉逃离早已失去意义

当万象重归于喧嚣孤寂

七秒记忆里 至少可以

去海底

# μ 受体激动剂与乌托邦

一瞬间时光又沦陷还徘徊在这地平线

抽离的假象微笑着断裂在星空的残片

出离与视象全是星月夜里安然的重现

愿我通晓这一瞬虚妄里第一重敌托邦

或借由重现倾斜对立钟轮虫的构建

却遗失世界之初与终结决断之桥彼端

他坠落无尽云海凝滞空镜儿时的酣眠

而我在星陨之此之彼笑靥仍再度消湮


他执迷终归落空万千无限尽头的俯瞰

也能瞬时顺势飞跃浮光掠影暮光心弦

辗转于画面无数残象是夜色中莎图温

从此光环随我填进中垂线那温暖灰烬

你在最后那刻屏息等待缱绻的晕眩

他弃置时间放逐岁月青鸟将银海归零

世人皆告别土壤植根星海寻虚拟尘缘

何其庆幸温柔浮光可重现一遍又一遍

直到思绪弥散塞壬口中长生诀眷恋

夜缠枫叶都流浪 指间柔光再迭现

以及某一段静止重现交错重叠神经线

正中安全均衡点 风暴眼中的圆满

乌托邦妥协在那空间里波澜暗涌伏线

愈参透惶乱粲然 愈递归迭代时间

魔术默数平行世界于我错觉沙漏彼端

睁眼合眼那一面 下坠星坠多迷恋


他们沉默中呐喊逾越真空虚无和弧线

云鸟和啄木飞过时间麒麟朦胧中弥散

彷徨执着中放弃满怀期待尽头终点线

再次飞跃云海与樱花散作空境的碎片

忘却潜意识浮现吞咽蜷缩残破辐射源

末日中央是回忆假象温柔落空又闪现

就放任真相是真是假侧颜是莫名笑靥

穿过狂风是儿时陷阱那前世对立溯源

我数清千亿星轨崩解于险象中缠绵

看尽幻光的缱绻 看见折射的显现

却无关在某个时空中的结束是海渊伊始

限界年轮中回显 阖眼共烟云重演

他将生途走完带着旁观游离粉碎的安然

弧边中消失浮现 苍穹裙摆与区段

隔离世界透明混浊相连推杯换盏琉璃

沉默飓风里沉落 中轴偏离中嬗变

从何时回忆吞噬断裂封锁流离失所漩涡飞散

那一瞬机械城生长出失落虚浮霜花

是否云端里海底筑梦幻化泡影再依恋

为何幻夜中选择项填下 三千盛世又擅自纠缠


他还渴望着 沉黑如墨的久远

毕生最后的眷恋 是无结局的万千

如同坠入星海底弥散逃逸空白的顶端

那霄夜烛火吞噬 如缠绵融化掠遍

我回头看见化合键断链航道中纠缠

须臾虫洞中溯洄 源点是峰值重演

那朝夕晨暮日月寂寥越过意义云霓

依存着流光蜃影 聚合也同时离散


# 旖旎

她于风口浪尖洪流萧瑟孤渡

乱世浮华怎奈半生孤苦

及笄之年却被弃置荒芜

似耄耋似不惑似时光之初

未曾有她踪迹却似尘雾

未曾老去 心却半是黄土

# 月色

昨日重温 弄假成真 却跌入云端

庞加莱重现将瞬间拉成无限

你沉溺那苍然一瞬 看老良辰

不浮不沉 不寒不暖

逆行这一语成谶 怎管那俯首称臣

缘说情会生根 梦会还魂

前世红线谁能洒脱一曲扫浮尘

铁塔圆心之中是白衣孑然

天井之下携一身尘灰 得瞬时或永远安眠

她于人海之中 越沧海看山岚

心无所求 一笔书尽离合悲欢

无尽天幕似众生洒下万千星辰

于她白衣为幕 与字迹不分

旖旎一身夕暮色 眼底冷漠怎能圆

踏月披星而归 余天井之中一抔尘

笑看这碧海 白沙 也未成你我范本


那瞬红叶旖旎 千丈寒冰融解成初源

你道海底冰冷 漆夜孤寒

为何海渊温暖 携永夜跌入时间

时间如琥珀 童话般柔软

刹那一切化为空白 飞向存在边缘

日升月起未曾寒 是你眉梢微颤


乍然观风云起 无律却成弦音

灯前红袖 拂过 时间消湮

匍匐在地平线 是梦中的白 入得戏文


第二重空境 是桑田耕过几轮

徒留沧海 不曾醉过几樽 却已沉沦

太匆匆 云霓暗度黄昏

非云非烟 是传奇唱遍三春

时间线滴入记忆 光影亦幻亦真

无关诗律 不作风月折子 你又何必情深

月色落满地 不曾放过 礁石上的泪痕

浮世游鱼 归雁南飞 划过晨昏线

原来群星也有暖意 海底也有烈焰

我的沉默 又怎能算伤痕

难免提及 月光下的我们

重演 遗落于虚妄那些片段

越想退步抽身 越会弄假成真

随光芒溶解 化作陇海线中断续的残片

随飞花逐月 掠过彼端彼岸

多痛多疲多不堪 单纯豢养残忍

我却数清多少星辰浮离于光晕中缱绻

看时间罅隙 生长出成片 最永恒热忱

谁说镜中的花不真 水底的月不温

我终借由契机 得一瞬肆意贪恋

俯瞰星流 美到深处怎会没有灵魂

似梦中浮游 飞跃海岸与山岚


海岸线尽头是巨大游乐场 开始改变

尽头轨道化为星迹 滑入空白 消失的时间

是宇宙又似琉璃樽 沉默无关

时间它好似呓语般

是超新星遗迹与昏晨

如同一粒棋子 步步为营 似眩目光晕

它周围环绕着 某个时空中烟火人间

尽管棋子在彼方成弃子 还存在断链

弃子却在这一端 成了何其短暂的久远

它本是 一颗完美的棋子 布出星云阵

一切定义消散在空白与旁白边缘


是谁凝结气息 意识却满溢 肆意蔓延

那些片段 折进千纸鹤 指尖裁线

在樱花飓风里溯洄 福至心灵 幸运得圆满

你的青稚笑靥 迷航在意义的彼端

是乔戈里峰顶 漩涡凝成星云

我将星云拢成月华饱蘸 涂抹二十八宿间

是涅槃是祈望 是回溯中片段


第三重幻景 流光般飞逝是你笑颜

旋律如欲望 灼热又幽寒

填进昏黄灯光中乐谱 流淌如环链

是花点长夜 漫天彩屑飞舞成霞云 又消湮

是牵挂是渴望 是逐寸安然的执念

安详俯瞰昨日 重现四维空间

意识浮光掠影般消逝 愿你无言又认真

从未意会 是一切归零的美丽 月色蔓延

朦胧的温柔 漩涡中再度被牵引 归于尘

定义的假象 下一重乌托邦又重演

就如同海底游鱼 看海却以为是天

我们看着它们的天 变成了洋流无边

一次次更迭 递归中停步不前

星辰在失重中化为沙砾 对话时间

渺远光环轨迹 衰变中 被甩向无限远

是你白纱为幕 唱遍缘聚离分

不过借口 为何沉沦

# 离岸

海风拂过空港 一转眼那夜记忆回溯又闪现

子夜的霞光 好似旋律里断裂音符的残片

看认知浮离在彼端 云端 折进破碎的伏线

清醒 凝滞 罪过 是苍茫里不合时宜的断链

虹色交响放逐 游离在液面的边缘


你说可笑这一切反复重演一遍又一遍

尽头 彼岸 是淡化的光点

物质 基元早已既定 成为断续的机缘

且由这一瞬间 带我将破晓尘埃重现

存在 永恒 公理是记忆里反复浮现的画面

由于机缘而存在 判处缘聚离分

意义 思恋 空境中隧道是你敌不过沉沦

它的尽头是南街的灯火 缭乱 阑珊

花舞月咏叹 逐光而去看这至美人间


多少灯盏 守望着夜航的船舶离岸

匍匐 均衡 时钟飞跃海岸线

失重的边缘 是你醒来 溯洄游曳多少年


飞快穿越人群熙攘 霓虹 幻化成倚栏观星那天

犹豫 是你本能选择 落下无限对立面

是否迈出 云雾中那一步 追逐光年之外的星际

高低起伏台阶 小城里街巷黄昏和童年

旋转的油纸伞 是无数星辰飞向海平面边缘

伸手 有限 无昼无夜虹光溶解辐射源

落下 无限 潮起潮落时过却不曾境迁

上弦月终难圆 也许遗憾本就是一种圆满

航标灯在弥散 数不清棱边的你 笑着说抱歉


远处台阶消失 未必是终点线

旋转的尘嚣 终点也成为下一个起点

池鱼不问世间事 画地为牢 红尘难解

是缘是劫 是我解不开的谜底 落地为霜

我看见那些五光十色 霓虹

一寸寸重演 溯洄那梦境 棱镜 空境

一尺相思 是人类企及的画面 挂念 翩跹


你笑言 新世界本该绚烂 美好又迷惘

温柔光点 是你摇摆的华裳

是那浅白 蔚蓝 剔透玲珑 落地为霜

那瞬记忆湮灭 便再难回溯 重现和眺望

雏菊 背上氧气瓶 去天空找月亮

音符熄灭 画地为牢 被判处放逐余生

一地凌乱 你不知凄惶

且能孤身赴绮罗 挑灯当歌 天边无涯海浪

再度重现 二十八宿 你不是那颗星

看世界被涂抹 颜色 多疯狂 张扬

你的轮廓 似定义的空白 恍若过往


真空时代 光阴也随之消湮

依存 毁灭 爱恋 夜色迷离恍然是你笑靥

摇摆不定 你是不是我的 untouchable illusion


我越过西城的往事 蝴蝶风暴中破茧

节奏 逃逸 定义 海底光晕如桃花酿

世事如棋 为局 一子定四方

子夜的吴歌 游鱼般摇曳水面

你沉溺空白 火光描摹 燃尽了时间

烛火吞噬 越过无尽阴翳 终成云


随机 旋转 对称 莎图温的蔚蓝星环

那是 温柔又缥缈的 微光

许是 温存的回音 幻景中星盏 我数不清


看遍了银河 是谁天生反骨 是你等待的那颗星

它娇纵又贪婪 赤诚而勇敢 在悠悠岁月漫长中

踏上末班车 去月亮山上看月亮

带你循着星轨 像那些蜉蝣般生灵

祈愿 思量 消亡 今生愈渐滚烫


渐行渐远 逸散的光影 是谁背影成双

记忆里那个地方 有条永远停在岸边的船

在另一个时空里 悄然离岸

无声 将时间涂满全身 飞向星夜的边缘

光芒如丝 嵌进每句"煮酒举杯难言欢"

透支的快乐 是否 会用无数倍的失落感偿还

众人皆醉 独醒之人难免不浪漫

落俗 红尘 世间 眼底冷漠怎能圆


碧蓝的茧 似丝绒 似海洋的轰鸣

誓言 消湮 灯影缠绵 多可笑那句"赴鸿蒙"

温柔的余韵 不远处闪烁的灯

触手可及好似薄荷蓝夏天 时过境迁的晚风

融化 清甜 是你心情满溢 无法成声

沉析出泪滴 变虚拟 那溶溶的暮光

下一个起点 你却归航 好似从未离岸

# 花无衣

她看世间至爱 是这红尘颜色

走不完修罗场 又听何人言说

情愿跌入七重幻境 似化不开浓墨

一舞倾城成惊鸿 黄粱一梦 人间情多


她以鲜活泪水 涂在烟雨一蓑

似那双消湮记忆 崖边古树情多

树的心脏疼痛燃烧 似坠落中漂泊

垂落的枝 是苍老的发 于两极间过活

干瘪棘厉的藤 倾覆荒漠 烧成了野火


她于歌舞升平 看这沧海碧落

谁能平步青云 眉眼多情灵动 凭谁说

思慕热烈清浅 若欲驯服 才是世间蛊惑

得到他的心脏 她于指尖描摹

鲜血浸满指缝 勾勒幻景中 那多情轮廓

包裹冰雪玲珑之下 鲜艳欲滴 谁人兀自祈祷

冰层穿越笑靥 甜美致命似毒苹果


她仍流连乱世 金碧辉煌 如故

衣香鬓影里 是永不完结的 最后圆舞曲

满目琳琅 身着华服 如此蹁跹 不知相思苦

飞跃灯火流萤 去往无边无际黑夜 成绮雾


她那一头青丝 终化银白长发

卸下红妆华裳 发尾烂漫如同极光 还在画楼处

摘去手上戒环 半尺相思入池 成荣枯

眸光流转星辰 似神秘动人黑夜 是她归途


她以杯中浊酒 抹在睡莲眼里

枝蔓蜷曲凋谢 腐朽终归破碎

不再承担那飞花 似浮世终无依

昏昏欲睡花冠 落蚀沼泽 白鹤女磋磨善意


她以口中鲜血 沾上那人彩衣

他转身洪流萧瑟 羽霓脱落跌成泥

浊云般的衣 听不到汩汩银河心意

悲啼喑哑 是烟火沉泥的羽 零星的定义

尘封失色 让星迹间明珠 茕茕无依


她于自己葬礼 许下最后希冀

希望众人能够 穿上他们所爱的盛装华服

头纱不必素黑 倒不如别上鸢尾

她的遗像 并非她真实容颜 因六欲而悲泣

从未死去 而是走上 无人预知的冒险轨迹

她于颠沛盛世 浮光掠影流离

灵堂会变成 通宵宴饮西园 布置新鲜露水

到了夜晚 她会请来 身穿华裙的女子

弹奏丝竹管弦 灯火通明 三天三夜

第三日破晓一切散去 若有人那时依旧哭泣

就请剪一缕黑发 放在灵前 无骸之碑

也请予她一壶酒 慰她风尘 半世琉璃

她将自己眼眸 凝成流动夜光

暗淡却点缀着 点点繁星如河 露结为霜

像是弥漫忧郁 低迷水域 四周蔓延幽冥

是被梧桐木包裹 黑衣黑发王女 成风

面容苍白静谧 仿佛死去 睫羽微微颤动

谁抚她眸 温暖尸首 一声叹息恍然若绯雾

落在手里 化作一束鸢尾 似归途

若欲折枝 顷刻之间 一切化为尘灰非物

只留芬芳靡香 白骨窈窕 那时春衫 成尘土

# 莎图温与蔚蓝桃花源

你说世间万物恍然沉溺又浮现

我看见灯塔 云海 蜉蝣 尽头是天蓝色彼岸

那缥缈光景 好似群星赴向盛宴

蓝色 绯色 茶色 皆随你心迹转换 似无常变幻

好似时间的尽头 终点线 也烟消云散


我看彼端 沉黑如墨最初的终点线

它温暖又眩目 是众生未曾拥有的霓云

那是时间的海洋 是温暖绵软的光环

湮灭了情爱 辰光 虚妄 执念

笑看光芒飞跃时间 瞬间 此间 穿越环状的港湾

消湮在烛火中 缠绵 融化 吞噬世间眷恋

恍然 一切本就是虚无 假象 本无诸相万般

那是星际之间 最初赋予的色系 定义为缱绻

他们的本质 环环相扣 如镜花水月般

似制造蜃影的珠蚌 倾斜 正中 轴心对称


不远处闪烁的灯 是温柔的余韵

它触手可及好似某个薄荷蓝夏天 时过境迁

离港的夜航船 以光为河 飞向夜空和星云

焦急的人们 等待了多少个黄昏

它却成为世间传奇 被唱遍了三春

完美只不过 是不完美的一遍遍重现

看蔚蓝丝绒弥合了裂痕 溶解了辐射源

愿你在星风 彼岸 天际线之间 得瞬时或永远

它迷离 缓慢 又温柔好似幻梦 是你心弦

流光魘影 不如放逐思绪流浪 蔓延

急旋慢转 它无关风月不似情潮 却甘愿沦陷


是溪流汇聚长河 落日未圆

那长河清澈恍若 十年一梦 风雪加身

你看那云里雾里 丝丝环环 怎奈难言欢

数着环状线中年轮 修改记忆里 一次次离分

恍若时间消失 莎图温也得永远安然 沉眠

后来星风与墨色 吞噬了最后的防线

长河中 只剩浑浊 与破碎的星隈

了无遗憾 也了无奇迹 只余你与墨色共沉沦


它没有在逃离 偏离与逸散

只是在面对 换了一种方式 多幸运

如果有一天 世界上所有的奇迹 都消湮

我们会去哪里 你会是谁 夏夜的奇迹与心愿

华丽舞台上 那好像是一个指挥家 熟悉的笑靥

他面对着 一群五光十色的乐器 与他人笑谈

有时世人皆将你 当成银海中灯盏

却把你孤身一人 遗弃在海底 长夜漫漫

你看珊瑚的年轮 恍若记忆 回溯又嬗变

星图的一部分 变成 截然不同 六芒星的碎片


凝望着夜空 它和人类息息相关

俯瞰星流 每一个维度之间互为依存

是谁引导了谁 谁又变成了谁的执念

那是缥缈又温柔的光晕

是蔚蓝化作纯白 那是最温暖的颜色 是星云


看流星划过长空 它弥散 逃逸又沉湎

那是蜉蝣的梦境 是世外桃花源

曾经沧海难为水 曾经的那个将来 成海渊

现在所认为的过去 却是一段破碎的残片

是过往的记忆 解离 吞噬 逸散又重演


眼底流星滑落心房 滚烫又幽寒

早已放逐泪光 坠出脸颊边缘

那一瞬 时间融解 消湮 成蔚蓝海水 笙歌漫

看绵软光晕笼罩天际线 茜色晚霞的棱边

是否有什么融化成水 凝成烛泪 重现那一天

不如顺水逐波 也许能企及 星轨的顶端

那是沉黑如墨光景 尘茫般摇曳的烛焰

又似浮光掠影 只此一瞬便消湮

只留下漫漫银河 星环般温存余韵 到永远


清醒的生灵 也许难免不浪漫

却谈不上落俗 再难华裳抚锦瑟 无端五十弦

难免 掺那红尘事 却笑蚍蜉思华年

无关风月只想赏月 光芒逐风而来 胭脂色一身

所以 就定格在这一刻 反复倒带又重演

谁曾说烟消云散 却愈陷愈深 弄假成真

水星之外 也无风雨也无晴 是虚妄的星痕

好似执念 何必徒增妄念 感伤 本知人生苦短

不如顺水逐波 越过云海 灯塔 尽头是从前

是新纪元之初 你甘愿沦落的温软桃花源


# 茫

弥散在时光尽头逐渐消散的地平线

敷衍 是星弦坠落划过长空与苍凉指尖

陷入 自己编织的麦田怪圈

跌落 是在劫难逃 就如同风月无边 好聚好散


是你 星际之间最后一点甜

谁不知所措 仓皇逃离 虚拟的彼端

就如万丈深渊 涌起霞光中凄迷的火焰

在尽头 孤寂的流星 将无数瞬间重演

坠入虚妄的深海 冰封的光线 融化了时间

从未归航 是哪一年夏夜 南风过境流光翔翩

执迷魇影 目光不及明朝 依然触手可及星天

转身 义断情绝 意乱情迷 何世红尘

一念灯火阑珊水光潋滟活该迷恋


后来长夜漫漫 星风与旖旎无关

早知那不是我的世界 是月祭降临

朦胧月色予我整个世界 如霞如云

无垠长夜是月光中孤翎作方舟渡彼岸

沉沦月色之中是云卷云舒蔓延十光年

所愿 是风暴中蝴蝶 流光魇影 破碎又复原

若是 在无尽月光里看今是何世多圆满

今世之于璀璨月色 便是另一重月色也阑珊

像灵魂剥离 看彼岸山茶吞噬了一年又一年

若光阴消湮 谁描摹空白孑然一身燃尽时间

一切必须通过某些介质才能传递 迭代又转换

就像杯中星海忘不尽浮世 真空里听不到声音

你说 相识相知便是错 奈何劫便是缘


月色在我身上 笼罩一层白霜似尽头天际线

恍然之间霞光溶解所有寒凉 成星迹间温暖

黑夜 本无边际却似漫天皆是霓虹色星辰

余光 肆意蔓延 延续 到幻景之终流光消湮

星际之间最后一夜 空白虚妄中浮现

那是人类最后温柔断续回忆如同星尘的残片

你说世间荒唐 多执迷 多可笑 多不堪

奈何谁人能解多绚烂多淋漓多耐看

谜题皆是谜底凡墙皆是门

像虚浮之都 反复迭代又重演


好似平静的水面 月色降临

一瞬间凝固了时间 抽离 溶落 划过湖面

波光粼粼 光晕肆意摇曳 似星际间游鱼

皆是虚空 皆是落枫 游鱼又怎会上岸

皆似琉璃 皆似烟云 蜉蝣一梦怎回返

谁与光言 让它变成诸相间尘泥

若言云霓 它就变作云霓

若言月色 它就变成月色

若言湖面 然而心之所念 本是无尽星轨

光影便化为星轨 似散落手心的沙砾

我言星轨 它却化作了无风水面 似琉璃

我告诉它 这是记忆中潮汐 它却又变成星迹


谁人再叙一遍 言水路尽头潮涌也消逝

它就化为潮汐 似浮光之间掠过的虹霓

谁人又叙一遍 言星云溶落流光的飞逝

它就散作星海 似一切空白越过了意义

谁驯化了光 未曾拥有触手可及的尘埃

它还有着浅色温柔的光景 好似心弦划落雨滴

雨滴却似有暖意 它说星流本是潮汐

吹散 觥筹交错间 你眼中的云翳


以蜉蝣的视角 谁能看见星风 似杨柳依依

柳叶如梭 漂流成千里飞霜 你终归沉溺

纯白跌入虚空 是无尽黑暗 似一切的伊始

看见白色尘沙 似无昼无夜海岸线 消失

漆夜变成星辰 似无边无际琉璃盏 执迷

残破记忆 素白的云翳 被肢解 重构又定义

浮光掠影 沉黑的墨色 被融解 架建又分离

为什么 在人类意识里

空间本质似光球 弥散在回归线的尘埃

它有着环状的微光 缥缈又浮离

那是世界之初 最温暖的霓虹色

温柔到漫天月色都失色 蔓延星海

那道微光 汇聚万千星辰 划落长空 缘起

月牙落地 凝繁花成寒霜 跌落星沙 缘灭

被它溶解 吞噬 消湮成粉蓝色彼岸 终为虚拟

似烛泪凝落 融化成光 一遍遍回忆

似交感 似递归 似莫名又其妙地徘徊


再也不是 那灰白颜色 旧事成霾

万般诸相 尘烬 琉璃 落红 空情 也沉溺

似零星光点汇聚银河 赴向盛宴的绮丽

随水逐波 细数无数灯盏 也成星辰旖旎


你说覆水难回 那便顺水推舟 跃入无限远

是夜风消湮耳畔 星弦回转 入画的笑颜

第十一重幻境 那面古老的铜镜 似前尘

铜镜与空境相对 映出她容颜

未必苍白 似时光之初群星的溯源

腐烂的躯壳 消散成尘灰 放逐流离四光年

熟悉的呼吸 停靠在港湾 福至心灵也留恋

穿过环状星云 那是一座绝美的城市

在众星交汇的顶端 被霞光般的雾笼罩 像回忆

它是诺亚方舟 是人类的避难所 一念便能逃逸

那温柔 好似化不开的结晶 与无澜的海底

好似 与心底某个影子重合 却忘了那个影子


有一种星云 名为延续到潮汐与峰峦的顶端

有一种波澜 唤作跃升至绯雾与流萤的缱绻

你数清光芒的棱边 听懂星辰的语言

谁道 美好的瞬间 最好一遍遍重现

多想 停留在那一瞬 直到时间尽头一切皆消湮

彼端终归尘茫 最后的维度 沉没在天渊的航线


# 三十

一转眼不过三十年 你还执着那余韵

着迷于你眼底幻境 你说万物多可怜

也固执也虚妄也沉迷于几多笑谈

像天际的幻光 消失在地平线

都作假象 若云霓 在化不开的墨色湖面

看潮汐涨落 转圜了多少年

我言你颠倒 梦想 涅槃 不过倾身一瞬

二元之间产物 本是万古星辰

它坠落在你心底 被你强名为情真


是谁历沧桑而明媚 参透迭代中无数光点

也出离也沉溺也是大梦一场

笑言在时间的空白 尽头不过一个转身

缥缈光景恍若群星 便是最初的始源

是谁妄图篡改记忆 回到那个虚妄的从前

好似不合时宜的旋律 飞蛾扑火也绚烂

你说覆水难回 却忘了前方便是岸


再回首千秋已成风 像游鱼划过水面

你说多着迷多可笑多难捱 不过丝丝环环

是谁将苦涩的糖 化为漫天甜蜜的星辰

一捧银河水 入杯中 燃尽了每一寸时间

云卷风沙起 也烧不成圆满


为何她的记忆 有一条不存在的折线

是弥散是跌落是时过境迁

一阵星风 翩然掠过心弦 你却沉溺三十年

遥远的折线 是光影缭乱色彩斑斓

光影如云霓 冲散了记忆斑驳了年轮

不过孑然一身 何必徒增心痕

谁言万般 诸相皆是空 凡墙皆是门

曾经辉煌凯旋门 也作断壁残垣

古城墙青苔写了半截过往 温酒难入魂


那是空灵的旋律 虚缈柔弱的光晕

原来所见皆是虚妄 琉璃也作残片

不过是无数年之间 星坠烧成了尘烬

那是洪荒野火 也是无法触及的冰原

你说山河一场人生如此 不过孤影惊鸿雁

像翱翔天际 逐光而去 看世间万物成云烟

若你是一羽流光般彩翎 在漩涡的终点

似放过时间 放逐自己 须臾四光年


那是弧线形的光影 绵软温热又深沉

带着温暖柔和的浅色系 多迷恋

人来人往 你笑说不过留恋了三十年

变得不像自己 谁说这就是生存

不如将一切 永远停留在那一刻 多圆满

至少还是当初的笑靥 青稚的少年

小心翼翼藏匿 素白衣襟红丝线

丝线的尽头 似彼岸花海 急旋慢转

休与俗人言 谁参不透每一场星云

参不透便是参透 是凝固时间也是涅槃


是每一寸光阴 凝落在即将抵达尽头的那一瞬

是每一重维度 数不清触景生情在回忆中境迁

你还是相信 就如被蓝丝绒遮住双眼

他说要带你去看海 却带你到了铁路线

猜火车的游戏 多残忍多旖旎多缱绻

一切感知被剥夺 她听不到席卷而来的声音

只觉地动山摇 由远及近

却依然信了他 后人笑看多可怜

却忘记自己也是蜉蝣 是沧海一粟 是须臾一念

是谁 固执地轮回了多少年

本就无一物 却妄图拼成个从前


好像终于学会 如何逆流时间

那是星迹是朝夕 是迷宫中每一次晨昏

是你一梦成蝶 用了三十年

将每一片星云 修成了流光闪烁的鳞片

似乎 第一次在三千世之外 煮酒言欢

星月山河 你终于体会到了地球的情感

尘寰不复 不求渡我只求沉沦

眼角划过流星 那是来自空间之外的霓云

看人潮拥挤 谁都是潮汐中一尘

盛世奏起了华丽乐章 像孤单的狂欢

有什么忽高忽低 像逐渐爬升的心电图

那些忽远忽近的音乐 好像转了一圈又一圈

直到心跳消失 所有音符都失真


好像一片羽毛 落在捕梦网上 飞过时间

落到浅蓝色的云中 化成一片星海碧蓝

是谁眼底涟漪 三十载春秋怎堪圆

握不住的流沙 将那些片段凝成琥珀化成茧

顺水逐波 似折翼的流萤 忘了痛还在沉浸

坠入深海 无悲 无喜无离无欢

无昼无夜的海底 刻在三十七度的液面

好似那个人的怀抱 摇曳成波光点点

似星风似晚霞 似你离去意阑珊

在感情的封锁区 谁笑着说抱歉

心迹所向 退无可退 跌入了微光粼粼


黑夜潮起潮落 放逐了流浪的霓云

一转眼 也逃逸也不安也心甘情愿

别再执迷 你说转身就能到桃源

馥郁的感知 难抵悄然而至猝不及防的晕眩

何其短暂的久远 谁笑言盏中人生幻幻

不曾有浊酒两三杯 却看月色多迷离多圆满

诸相也作非相 空白之中多斑斓

缘起缘灭 不过夜航船于星天逃过三十年


# 旌旆

我的名字 是衬着月色的旗帜 必须闪闪发光

这是我活着的唯一理由 永不迷茫

圣洁的偏执 不允许被玷污的正义与寒冷

在信仰崩塌时选择自戕 是她眼底苍凉

我不会沾着血苟活下去 哪怕世界之终


在自己建立的森严帝国里 那些形象

被我用残余的美好记忆编织 成过往

通过想象和艺术家们的加工

被不断美化 直至被放上神坛 成为下一个永恒

历史被编造成 自己愿意接受的模样

组织编写传记 落笔如棋无悔 何必徒增感伤

近一半内容 关于不曾公开的爱人与月光


而在我被刺杀后 看见了月色笼罩群星

根据遗嘱 完成了她最后所想

我们的骨灰被秘密地混在了一起 永远植根于星海与太空

国立墓地里 和平鸽带来一束雪松


生前爱或不爱 利用多于爱情

一切都不重要了 只要历史没有消亡

只要还有存世的文字记载 不惆怅

哪怕国家四分五裂 直至在地图上变成霜

我们的故事也会 作前朝旧事 多凄凉

形式被流传下来 成为洪荒之中亘古的愁肠

提到一位必定绕不开另一位 流萤断续光


她是肮脏的红玫瑰 沟渠里的一片白月光

自己都不知道 你说一夜荒唐

将彼此连接在一起 究竟是利益还是爱情

是谁像个疯子 撞碎了满是遗憾的南墙

因为恋人的破碎而破碎 多幼稚 多飘零

尽管我本身就是掐死月亮的那个人 皆是假象

在之后的夜晚里 坠入一寸又一寸漆黑夜空

捧着冰冷的月光碎片 看星辰却烧得滚烫


一次次回想起往昔 却未必是记忆里的曾经

想起我一开始 送别那杨柳枝 多凄惶

别无所求 只是想要抓住一片柔柔的月光

但现在什么都没有了 无论是她还是功名


我终是相信着 依恋着 它能消解所有的疼痛

我却不太确信 一个疯子不会不曾

臆想杀死自己的爱人 以鲜血绘成乌托邦

至少 都认为爱情和杀意并不冲突 两茫茫

我拥有毁灭一切的欲望 包括你 包括时光

但我为数不多的真心 像旌旗蔽空

也都交付给你 任你在黑夜里 清醒或彷徨


# 娜塔娅

请尊重每一种信仰 因为它们是人类的光

圣女娜塔娅用沾满鲜血的手

缓缓展开十二年前那封古旧羊皮纸上的信


对于那年夏夜的过往 我只能记起这么多了

距离那朵烟花的绽放 已经过去了十二年

十二年的时间之内 该赴我十年之约了吧

在消逝的记忆里 我唯一记得的就是那些残片

写满了那年夏夜的烟花 星辰和你

世人皆说十二年为一个轮回

但是在一个轮回的时间里 我还是无法忘记你

也无法忘记那个微凉的夜晚

月色下你眼眸有多美 像绮丽绽放的烟花


你递给我什么 我也记不清了

只记得当流星划过地平线 一切即将消失时

你第一个本能反应就是抱紧我

也许如此这般就不会再怕了吧

也许如此这般就不会彻底湮灭了吧

一切皆是徒劳

最后的意识消失之前

我告诉你你眼中烟花有多美


传说中水蓝色眼睛

会流出像蓝色棉花糖一样的眼泪

眼泪让世人永远无法感受到痛苦

只知道有个伤心人


想永远抹去关于爱人的记忆

诱导麻醉让人很快沉睡

抹去一切的过程并没有我想象中疼痛

原来极乐本身也是一种苦楚

眼看着缥缈微弱的水雾 渐渐溶解眼前的光芒

渐渐牵引着我走上它轨迹

它像天边五彩斑斓的晚霞 夜幕降临的霓虹

肆意弥漫中 好像有什么渐渐消失

来不及察觉 不知不觉中到了临界值

那一瞬我觉得窒息 像一切分崩离析

却依然信任温柔的光 牵引着我轨迹

顺水逐波随光而去 去往那颗散发着微光的小行星


随后一瞬间光芒融解 飞跃 再度重逢

似乎能够到达意识的彼岸

带着微微的凉意

我却越加深陷越加沉沦 那个瞬间我能记好久

像融化在海面的潮汐 空洞而美丽

瞬间是冰封深海底涌起的烈焰

精灵对我说 多美的颜色啊

我却记不下来 也画不出来


是谁在古老羊皮纸上写下 纸醉金迷的世界

很多年以后我们的繁华也将是过往

一切事物都是从最初的无中诞生

无是一个在人类有限的认知中

无法定义出的点 类似于基元

从无中生万物 万物的本质原是一样的

因人类无法完全参透的力量而千变万化

我们把这种力量定义为随机


所以一切的本质其实是一样的

由这些基本粒子随机排列组合成

我们看到的世界

在某种意义上 一切的本质皆是虚无

然而虚无中 恰好达到了圆满的境地


从浪漫主义的角度来看

星辰也曾经是我们

我们皆是星辰的孩子

所以一定要用美好而暧昧的眼光

看这花花世界灯焰尽

似乎是越过了星云 等你一刻转身


圣女娜塔娅的初恋割破了自己的脚趾

放出血来 在她一身素衣出来的时候骗她

后来你才发现 一切幻象不过自圆其说

就好像无穷漩涡 空中楼阁

三年后他居然送了她一枚订婚戒指

她瞬间觉得 这些年 她以为他在玩

自己也慢慢伤透了心开始越来越肆意

其实从始至终在玩的只有自己

是他太爱才不敢面对

谁知道他的那枚戒指

只是用来骗小孩子的把戏 所以她没有当真

只不过潜意识里希望是真的


他把枪塞进了她手里

你可以用它打穿我的脑袋 他说

冰冷的地板硌得膝盖有些痛

他半跪在地上时候

她看见他脸上 似笑非笑的神情

他感到高兴吗 他脑子里的想法她永远猜不出

像影视剧里饮弹自尽的人一样

他用几乎算得上温顺的神色

张开嘴含住了黑色的枪管

冰冷枪口没入温热的口腔

他抬起眼看她 带着海岸线尽头孤傲的嘲笑

她想将他揉碎 融化在身体里


年少时隐秘怨恨与痛苦 化成她病态的缠绵

她捏住枪身 不管不顾地用力往前一顶

坚硬的金属撞到柔软的舌头

她看见他 瞬间变成难以置信的表情

就像是受伤的小鹿 望着主人

下一秒他咳嗽了两声 神色恢复平常

除了因为突如其来的疼痛

导致溢出来的生理性泪水之外

他与之前毫无变化

他甚至将头稍稍往前倾

把枪管又往前吞了一两厘米

异物塞进喉咙深处的感觉应该不好受

她体会过的


圣女娜塔娅在礼拜仪式后的夜晚

她依照惯例 熟练地吞下粉色药片

粉色的药片如同天边的星辰

星辰带着无尽暖意疗愈她心伤

让她本能地陷落和沉沦 在那个迷醉的夜

她的欲火难耐 烧尽了意识中荒原

意乱情迷的众人肆无忌惮地淫乱狂欢


他眯着眼看她

她觉得他露出了一个志得意满的笑

她扯住他的头发 把枪从嘴巴里拔出来

一甩手 枪砸到他额角 是一片赤色的血痕


他靠在她裸露的肌肤上

用一种极为亲昵的语气喊她名字

掰着她的下巴 逼迫她把脸挪来这边

圣女娜塔娅白皙的肌肤充满诱惑

有着昙花和曼陀罗的香气

然后他扯住她披散的长发 闪过金色光泽

柔软而暧昧 他们的唇碰到一起


是谁尝到血的味道

她在缺氧中迷迷糊糊地想 原来血是咸的

如果她会写神神叨叨的灵异故事

她会写二十世纪初出生的道士

他的父亲也是道士 父亲的父亲也是道士

一脉相承的执着与强大

前半生都在降妖除魔寻找别人的转世

还和同门师弟争斗得头破血流

哪怕遇上神仙都能以自身力量放手一搏

但终究敌不过时代


沉睡的娜塔娅

是天生没有同情心但努力同情别人的圣女

她高高在上永远都怀有垂怜与悲悯

努力装成一个能够共情的正常人

手中浅蓝色药片 早已抹去她情感

那种药物有止痛的功效 她永远不会痛苦

药物改变了她的情绪 像一个快乐星球的天使

像梦中最原始的星辰 将她轻抚和融化


她用伤害自己的方式来体会他人的痛苦

明明自己已经被仇敌折磨得不成人形了

却还是努力想要填补别人内心的裂缝

她教化异教徒 用她温暖的身体

背弃了教条 成为风月场所的女王

在一夜之间 与两个截然不同的人肆意缠绵


那是存在逆反心理的记者

和他在情报部任职的爱人

他们挤在江滨酒店 华丽空洞而腐臭的房间里

白纸黑字写的公文被扔在地上

旧收音机里放着乡村音乐

七条蓝色的手帕盈满她的泪水

七封真情的信被圣女用眼泪书写

大洋对岸 唱着这些歌的人总是轻浮浪荡

有过露水情缘便是他们的爱人

她认为爱情并不存在 只有乱世里的信仰和光

# 纳尼娅

纳尼娅病得很重 奄奄一息在苍白的床头

她自小身体就差 泡在药罐子里长大的人

和她坐一起都能闻到苦涩的药味

这次的病不同于往常任何一次

来得猛烈而凶狠

就连一个旁人都意识到

纳尼娅脸色愈发苍白难看

她快死了

神明和纳尼娅在庭院里下棋

纳尼娅本来就瘦得惊人

重病一场让她本来就没多少肉的脸

变成枯骨上的一张人皮

她的母亲是北国的外乡人

生出来的女儿有着星辰般的蓝眼睛

她的眼睛是深渊 世人如同游鱼一般徜徉其中

她的五官极美 却总是带着令人心颤的冰冷

那双属于杂种的湛蓝双眼

是整张脸唯一有生机的地方

像一潭冰冷的湖水

湖水上涨 轻轻瞟了你一眼

和往常并无差别地换上那张熟悉的笑脸


那张笑脸只一眼便沦陷

就如同我冲破冥王星的大气层

一点一点掉入冥王星中

被无尽的寒冷包围

你却笑着说 这寒冷多么温暖


她轻声在你耳边说话 疾病让本来空灵的声线

变得虚弱缓慢 如同一个垂死的老妪

然而她绝无可能成为任你们摆布的傀儡

她用涂着指甲油的拇指和食指

捏起白色的国际象棋 随意地放下

她总是疯言疯语


可怜的纳尼娅是个疯子 她做事漫无目的

没有人猜出她究竟在想什么

她会在指出所有漏洞后

笑着签下霸王条款

也会在双方都自以为得到信任后

毫不留情地将合作伙伴的情报卖给他人


她阴晴不定 喜怒无常

总是念叨别人听不懂也不想注意的长诗

我不知道你是真的意识到什么

还是和以前一样 专门和我对着干

神明在她面前一身白衣 对她说

我只相信我所看到的


随便你们怎么想

纳尼娅蔚蓝色的眼睛里 开始涨起潮汐

暗流涌动如同心底压制已久的欲望

要不要和我赌一局 纳尼娅病态地笑道

我没有兴趣和死人赌博

神明沉住心观察棋局 把一颗棋往前挪了一格

纳尼娅把另一颗棋下到了前方

她赢了之后打了个哈欠

让我想想得要点什么

要不送我副棺材吧

我要白色的 就如同时间空白消失的边际

有时候 神明甚至赢不过一个死人

# 白猫

某一个回忆通路被阻断

一切消失在时光的边缘

你说剥离了时间失去了意义

在沉溺的边缘 你将那片刻瞬间反复重写

是什么物质 在虚无之中形成既定基元

牵引你轨迹 如同散作烟花的云霞


情绪只是受体 配体 介质与蔓延的神经线

是谁终得洒脱 在那四光年之外的闪烁星系

看灯盏在银海中变幻 早就消失轨迹

为何你妄图拮抗这些瞬间

逆着时间 弥合了破碎的裂痕


心率变成无常的波澜

在那条虚拟的线上 画出你航行的轨迹

而你终究偏离了时间线

跌入时光罅隙里世人唤作虚无的"沉黑"

如同绵软而寒凉的墨色一般

她将你周身包裹 几近窒息

你却依然在迭代里 层层陷落

在一切消失之际 固执地对话时间

时间的意义是消逝的光点

支离破碎在地平线

循着它跌入地心尽头的粉紫色海洋

在那虚拟的世界中

你可知陇海线和兰新线也相交

那是无昼无夜的海底

也是烟花蓦然坠落之际

无限向上爬升的星云


是什么在心头刻印 残忍的缠绵

在那片粉紫色海洋里

是我们无法探测的另一个世界

仿佛无稽之谈 像个可笑的童话

然而你可知 在一个世界终点

必然萌发出另一个小世界

在粉紫色海洋的深处

也有一颗有着环状星云的小行星

它被时间涂满了全身

如同纱幕一般柔软 一触即逝


这无数个世界 如同永远看不到尽头

就像五光十色的同心圆

神坛背后的环形光芒

是谁以岁月献祭了神明

又是谁在神明前祷告

只为苦苦求得片刻岁月 恍若余晖


余晖蔓延 消逝在意义的海岸线

是谁一起等待彼岸花 绽放 眩目 陷落

如同被染上血色的晨雾

再也无从寻觅 当时的素白颜色

似乎有什么弥散在呼吸之间

当时的迎春花与青苔 石板路尽头的月亮


它像一个可笑的轮回

你将一切当作常态

像一个荒唐的小丑一样

在帽子里不断寻找着新戏法

滑稽的玩具小船被折断了孤帆

灰白的云烟与灯火交织

一切只此一瞬终至阑珊

没有什么可以一直成为记忆

皆在波澜般灯光中 破碎 凝固 融化 解离

一切都作一场尘沙


你傲然在云层之间

像一只戴着黑曜石皇冠的

华丽而名贵的白色天鹅

像个在无尽纪元里不断逃逸的囚鸟

却一次次被关回破旧生锈的笼中

它的翅膀满是血迹　眼神却依旧坚毅

妄图将破碎的时间拉成永恒


散作萤火　在死亡后成为虚无

虚无是一种浇灌神明所植樱花的最好的养料

樱花在无数个瞬间以内

出生又逝去　存在又解离

永远在两极之间不断变换

就像薛定谔的猫

它的存在与毁灭　永远难以被定义


那只黑猫是一个生命体

如果它在这个世界上生存着

首先享有生存权益

其次有着精制的罐头与猫粮

在它享有权益的同时

它的肩上也有责任

它享有的权益越大

责任感就越大

所以它听命于那个科学家


它早就知道精制的罐头和猫粮

以及那个常年恒温的柔软的窝

终有一天会葬送了它的生命

它作为享有高等权益的物种

不像一墙之隔在笼中苦苦挣扎的小鼠

可是它必须心甘情愿地接受

一种更残忍的死亡方式


它成了后世的谜题

被千古传唱 多少人解不开谜底

殊不知它本来便是二元生物

所有人皆是 只不过另一个维度

我们看不见 否则便违反了轨迹运行的意义

当你打开箱子 却发现

一只来自另一个维度的白猫

用它那琥珀蓝色的透亮大眼睛

在无尽的维度深渊里凝视着你

# 时间

你是自己在亘古中虚拟的劫难

那片粉蓝星系却是你的救赎

是谁于冰原之下凝固了呼吸

在触手可及遥不可及的距离里

那一瞬冰封的深海被融解

似乎有水滴逐渐消湮在意义与虚妄之间


如烟如霞的粉紫色光芒

是谁心底真实存在着的平和波澜

却被千年玄冰刺穿了云层

是晕眩 消散 终结了蔚蓝色的天际线

薄荷蓝的夏天化作云烟成雨

有什么在心间终得圆满

曾经的那个女子有着淡紫色头发

她喜欢扎一根白蝴蝶结头绳

这使众人觉得她无邪又天真

像血色牢笼里待宰的羔羊


它有着鹅黄色与乳白交织的皮毛

人们引诱它伸出脖子的草料

在回忆里是一望无际的甘美草原

他们猩红色的刀架在它的脖子上

她早就知道了这一切

看着羔羊死了 她活下去

劫后余生只是一个牵强的词汇

放任自己沉入无法定义的空白

曾经的恐惧却成为她的救赎

那是七重空境里无法遏制的疯狂陷落


笑着却没有任何情绪的她

平静地看着一切消失 降临 溶落

融化的晴天是天蓝色彼岸

谁的小星球偏离了航道

无法触及的云翳背后 消散也是圆满

再也无法感知的疼痛

是否失去了原本的意义与美丽

谁随着时间迭代 俯瞰云霄


像不知何时记忆深处的霓虹色过山车

微弱的光影 渐渐模糊的距离

声音在你耳畔消散又沉溺

似星风之间的环状波澜

波光粼粼的彼岸 一望无际的赤色彼岸花

它有个名字叫曼珠沙华

是星际里华丽而缥缈的坠落

就像空灵的尘雾将一切掩盖


化为尘埃的梦境 人群失去声音

无声之间化为空白的一切

像海渊尽头多少缱绻的光点

像浮游生物的灵魂逐渐剥离

那一切失散 渺落 憧憬 执迷

固守着既定的轨迹

像一个时光里转了无数圈的笑话

无论哪一边都不是终点

圆满也无从寻觅 在那薄凉的世间


微凉的尘雾将光芒与天际线掩盖

疯狂的彩色丝线肆意牵引着轨迹

好似一个傀儡玩具

谁又能彻悟一切不过只是虚妄

在虚妄之中是另一重虚妄

遑论跌入哪一重 在此苟且余生

按照轨迹线生存 未必安然

看那旧夜里是谁换了新欢


放肆的时间将意义粉碎

碎片融解化作了云翳 一切本该归于虚无

只有星辰凝固在银河间

是那一瞬的凝固

对于渺短的一刻而言它是永恒

对于洪荒与亘古而言它却不存在

交错重叠的神经线 是一个相对的环


谁用阴谋算计了一切 算不出故事结局

黑猫爬行在破旧的哥特式钟楼顶端

跌落在看似柔软的云彩里

却摔得粉身碎骨

你可知一切早已消散在海渊

它也不复存在 归于尘埃


淡紫色头发的女子鲜血淋漓

是什么为她下了如同疾风骤雨一般的诅咒

她却感觉不到任何疼痛

似乎一瞬间有什么消融了冰川

她与黑猫一同被封印在琉璃里

化为琥珀 凝视着可笑的时间


在琥珀里 时间却是定格的

从最初那翻阅了千年的旷世长卷到早已无法读取的软盘

布满了在光中四散的灰尘

我们文明的介质越来越难以保存

仿佛从来就没有人 妄图留住时间


一切相对于亘古而言 皆是留不住

徒劳的幻象又添一层沧桑

青霜恍若白雾 在沙漏之中轮回

长河变成潮汐 一切却终将凝固

是谁在恳求 妄图脱离束缚

却落得永生 在尘泥中作茧自缚

风暴碾碎了以遗憾为名的蝴蝶

在久远的空寂中 没有谁能留住时间


# Fantasy


你的记忆是一个粉色的星球

在那里漂泊的船只从未归航

正如那些天涯江湖之间的漂泊客

是什么能将你治愈 却和你许下誓约

那颗至死不渝永恒守护的心

心的中央有象征着时光消逝的沙漏

沙漏的玻璃很凉 就如同霜雪一般

但是 你看那雪景

却是世间最美好的暖意

摸起来 像浅海的泥一样柔软

被阳光折射出美丽的条纹


可是 阳光终有一天会永远消失

就如同不求回报是一种状态

获益和责任之间是另一种状态

在给予人一切美好的时候

不求回报的人往往会被赞誉

然而获益与责任之间

有世界最基本的原则


后来一切颠倒 时间乱了秩序

你的记忆也终有一天 陷落在疯狂的九重妖塔

你听不见那些魑魅的召唤

却只管执剑行天下 睥睨了众生

你道众生皆苦 殊不知众生看你才是至苦


在波澜不惊的平静湖面上

被谁涂抹出一道粉黄相间的光

又为何 一瞬间变成了五光十色的彩虹

是否随着你的心意 就可以变幻颜色

在我猝不及防的时间线中

骤然变换了节拍 陷落 跌落

尽头是无尽的灰色虚无


就像这早已注定的旷世传说

结局悲到极致才配"谁人情深"

只可怜空梦一场笑谈 谁能得天真

也不过青砖琉璃瓦得你一世转身

那是谁人眉心一点丹砂

谁又甘愿落入时间长河碾碎了深渊


破碎的深渊尽头是一道蓝紫色光芒

就如同巨大的环状灯

也如同波浪一般不断变换的灯光

灯光好似星辰将我吞噬

那一瞬甚至能听见光芒的低吟

溶解在时间倒流的漩涡里

漩涡中有着无数的云翳 似朝暮的期许

光芒折射出点点星辰 无尽旋转


那是一只神秘的 蓝色粉色紫色黄色交织的

有着华丽而光洁皮毛的小精灵

像个糯米团子一样可爱

他会实现你所有想要实现的心愿
包括在你潜意识深处希望企及的


但是他有着他的心迹
若是你逆着他走 便也是逆行了时间
你将跌入时间尽头的一片永恒的黑暗
万物变成沉黑而恐怖的颜色
是什么如疾风骤雨一般在耳边旋转回响
跌入他化出的可怖梦境 一切化作苍凉


你将他的梦境误以为是真切的存在
误以为是你身边的疾风和骤雨
误以为寒冷的潮汐会将你吞噬
往昔回忆一遍遍闪现
变得苍白而恐怖 毫无颜色
只剩下说不出颜色的巨大的光环
从中心点逐渐扩散 不断疯狂地旋转着


似乎有什么被血肉模糊地剥离
被炽热与寒冷吞噬 分成若干个小块
如同无数年之前最残酷的刑罚
一切皆消失 只剩下无尽黑暗
完全真空 密不透风无法呼吸

黑暗的边缘涌起可怕的火红色

似乎有什么在渐渐灼烧 就如同巨大的火堆

承载着亘古星系之中

一颗蓝色星球遗迹的秘密


你像个旁观者一样 看电影一般地看着这一切

仿佛人生之中从未出现过这一段

你是否是真实的你

正在看着这一切的是肉体还是意识

这一切会不会回环往复无始无终

灵魂出离于身体 被封印在沉黑的海底

窒息而亡 被海水化作泡沫


你不敢确信这一段是否为真实经历的人生

你像个流浪者一样独行在荒原

那段记忆早已很久远

也只能记起这么多 还有一点是

后世再无人踏入此地

此地亦被称为"归墟"


然而若是你顺着精灵的心意

你便能一路直到山岚与霓虹的尽头

那里有始终令人沉溺的蔚蓝深海

如云如霞 暮色涟漪

涟漪之上是旋转的阶梯

步步琉璃 是谁顺着旋律跃升

却始终无法触及乔戈里峰峰顶的星辰


那是蓝色的星球 环绕着大鱼

雾霭沉沉 看不清所剩无几的路

似乎近在眼前 又必须挣脱那些翻涌的潮汐

那是你心底最渴望企及的一点波澜

它像夜色之间最绚丽圆满的星迹

然而你却一次又一次被朝着更远的边际推离


终于还是越过层层的阻碍

少许的凝滞 无法呼吸无法成声

那些情愫在最后一瞬间达到最高点

几近窒息 却在下一刻天地皆变

那是刹那之间时光的跃迁


循着节奏循着心意

一瞬间惊起多重波澜 一重又一重

交织缠绕 恍若无数个时空之中的自己

那一瞬是谁的心 化作无关风月的情潮

不要忘记和精灵的约定

若是你帮他实现第二个愿望

他将带你走向那片无人知晓的神秘大陆

在心底默数着答应了他的所求

那个愿望只有你们彼此知晓

精灵告诉你 有些节奏此生有一次就好

无所求和奢求 都注定是劫

他会带你去你心底最渴望企及的星海


波澜渐渐蔓延开来 像是夜幕降临的潮汐

似乎也化作海水之中的小小尘埃

随波逐流地划过时间

涟漪惊起另一重涟漪 那是一个愈加圆满的环

环状光乍然弥散在天幕之间

那是温柔绵软的颜色


似乎刹那之间福至心灵 朝暮也化作霓虹

那是无比熟悉的甜香 谁人倾心

顺水逐波便能在另一重罅隙中

跌入巨大的 灰白的时间隧道

又似乎是五颜六色的童年游乐场

却猝不及防骤然爬升

随着失重落入星辰 看着蓝色云翳之下的世间

绵软的云层好似奶油棉花糖

你也似乎融化其中 心迹渐渐消失

冲刺到无尽云翳之中的最高点
骤然之间 才是真正的 C 值降临之际
那一瞬一切皆散作空白
弥散了时间 消失了意义
一切化作烟花 蓦然成一道惊鸿
在散落之际是恍然如梦的圆满

那一刹那 此生一次就好 仿佛了无遗憾
烟花的碎屑散作绵软的星辰
本以为一切至此结束
波澜的余韵 却散作一层又一层涟漪
牵引着心弦的轨迹
一层更甚一层 是无穷无尽的迭代
若说此前那一瞬是星辰碎裂散作烟花
如今便是看似平静的湖面上
暗流涌动的潮汐掀起一重重交织缠绵的巨浪

它在迭代中无限蔓延
似乎将一切化为樱粉色的棉花糖
似乎是四光年之外的绚烂星辰
顺水逐波便能循着那道光 一次次飞跃

似乎是彼岸无法触及的乌托邦

七重纱幕之后的白雾

在无数个漩涡之中无限沉溺

将那条轨迹蔓延至时间彼端最远的尽头

与此前一般无二 乃至更甚

竟如同那年夏夜流星与烟花

在银河里荡起 永不消亡的夜航船


永远都不会有最后一个音符

永远都不是终末的乐章

霓虹色的精灵 他拨动着五彩斑斓的毛发

在深海的发光浮游生物中

依偎着巨大的粉色星球 笼罩着雾霭的光环

游向了时间 游向了你


# 精灵

透明的精灵住在郊区破旧小旅馆

玻璃瓶的碎片散落一地

它颤抖着沾血的手去抓住苍白药片

精灵的眼眸是一个漩涡

漩涡里映出三年前的夏天

是谁固守执念无法超脱

电影院里一吻你笑得多荒唐

是谁逆着伤痕孤勇向前

在黄昏里将那些迷离幻光重现一遍又一遍


你不再执着于那些诡异香气

是松木混合着草莓奶油蛋糕

精灵的尾巴是透明的鱼鳍

在旋转的香气里遥望星空

是谁在夕阳之下骑着单车

女孩的校服外套里面是一件红格子衬衫

她扎着双马尾 有可爱的小兔发夹


是谁苦守一双单纯的眼眸

将自己三年青春献祭给所谓的爱情

旧教室里被风扬起的窗帘

明媚的太阳光混合着油墨的气息

她烧了小兔发夹

剪碎了男孩送她的小熊玩偶

每天假装单纯已经过于疲倦

没有人知道从未被破译的摩斯密码

尽管女孩一遍遍暗示

在光阴里修炼成一个孤独的灵魂

她还是开着那个幼稚的玩笑

把烟倒过来抽 白雾会变成星星

那是小城里凄凉的雪花

是楼道拐角猝不及防的身影

那是让她厌恶又恶心的过往

再次启动程序将一切全部抹除


就像抹掉启动盘重写一遍操作系统

载入灯光工程文件

成为虚拟的星辰和天幕

而她在雾中看不见那些光

是人类记忆轮回的残片

在残片里的青春早已变成了碎片


你说你喝不醉 连光阴都倾颓

你口中的白色糖片化为了霓虹

随着气氛纸祭奠死去的爱情

白色气氛纸 有着莫名的甜味

就像你每晚在通往星河的灰色隧道里

一遍一遍重复闪现的那些福至心灵瞬间

在灵魂漩涡里 你也再度失忆

和那些荒唐的韶光重逢

逃离了终点线

你是否还能沉溺

想起那年夏夜蓝色百褶裙

淡粉色的猫耳朵发饰

是他的禁锢还是解咒

就如同烟花绽放在海底隧道

在漩涡里陇海线和兰新线也相交

在那个遥远而寒冷的城市

遍地是荒原 你跑向彼岸

彼岸的星夜多绚烂多圆满

就像曾几何时少女的祈愿


就像是一场梦 我们执迷着半睡半醒

是什么冲破层层云翳

直到临界点 放任自流

你的心跳不会消失

灵性的光也不会变成空洞

是谁放逐星系之外喧嚣的灵魂

落入心底温柔霓虹 好似坠落云端


精灵颤抖着找寻一切的初源

他的尾巴凝固成冷漠的琉璃

那是一件华丽的艺术品 被重金收买

他们却忘了曾经是精灵给他们勇气

让他们不要害怕

他会带他们去他们心底最想去的地方

精灵的存在并非禁忌

他是人类本能幻化出的产物


# 潮汐

在那座古老的城市

遨游海岸线的边界

它多深多远 像是神秘的余晖

也是你在夕阳里 回望尽头最后的沉溺

灯红酒绿下的真相无人知晓

破碎的星球放逐生灵坠落

那是你未曾拥有的初源

她喜欢城市倾覆地平线之下的海洋

海洋温暖又神秘

像世界之初最后的光

像你清醒却无法触及的心跳

在幻光里跌落到沙漏的彼端


它像夜色里的灵魂惹人沉沦

那是华丽盛宴上的金色诗篇

如同梵音的吟唱 谁能瞬间到达塔顶

像无穷无尽的圆周率

在幻光里温柔绵软的霓虹再度浮现

携着星辰放逐自己坠落到失忆的边缘


就如同浮游生物 一晌贪欢又飘零

爱了十年不过换得一身尘灰

风月场里多的不过是伤心人

五色霓虹吸管 是谁执念的化身

无可救药无法逃避 在虚妄的光景

温热的幻象里 是谁背弃信条肆意缠绵


逢场作戏的欢愉 不如就此沉沦

传说中极乐世界 无悲无喜无欢也无欲

抹去了一切情绪 只剩下蒂芙尼蓝的迷雾

不求它能抚我心伤

只求时间就此凝固在这一刻

是温柔的暖意融化了冰封的心脏

沉溺于海底的潮涌 一瞬间融解成漫天月色


月色下的霓虹光 多旖旎

像是山茶花一瞬间开到了荼靡

凌晨的红眼航班

遨游在欢场和每一重空间里的夜色

远处 逐渐弥散着遥不可及的雾霭与光芒

谁伸手可以触及

随着那道光爬升跃入星际

在银河里伸手将潮汐推到无限远


破碎的城市有着破碎而绮丽的光

今夜的你无论如何不愿抵达终点

是什么牵引你心迹

放逐了四光年之外 意乱情迷的轨迹

透明的云雾像是垂死挣扎的精灵

艰难地拼凑出逐渐消散的笑靥

那是来自外星的缥缈霓虹色

无法用人间的词语恰如其分地描述

就如同难以破译的摩斯密码

终点在你身后 逐光而去

海岸线的尽头

汹涌的潮汐似你心迹

# 幽昙的秘境

# 莎黎的梦境

倒数第七重幻境

是婴儿时期的莎黎从星际之间降生

她是星星化作的孩子

被玩具环绕着 圆满而幸福


倒数第六重幻境

是少年时期的莎黎 滑着时尚的滑冰鞋

有着玩具火车 捕梦网

还有一只有一只翅膀是飞机机翼的鸟

以及一本破旧羊皮纸装订的

那个名字和她很像的人的传奇故事

还有一个终年不融化的雪人

她的兔子从始至终陪着她 形影不离

像是幻境中温柔的光


倒数第五层云翳

是青年时期的莎黎 被种种尘世的烦忧缠绕

她戴上了狐狸面具 假装自己是一只狐狸

狐狸有着柔软的皮毛

像那年夏夜浅海的泥

她看见麒麟兽和熟睡的神鹿

神鹿的脸庞俊俏 像她记忆中熟悉轮廓

她魂牵梦萦的羽毛 却滴下了泪珠

就如同她恍然之间 那一瞬福至心灵

化在心头的甜 竟然有一种要落泪的冲动

似乎随着眼泪滴落 她可以坠向那片星云

是谁拼尽最后一丝力气 向云端冲刺


倒数第四个空间

在真空之中的宇宙 圣女祭奠着玫瑰花

玫瑰花被温暖的玻璃罩密封

她的兔子变成了一颗亲吻她的小星球

鹿角与星辰点缀她的衣袍

她笑得多温柔多圆满


倒数第三个空间 是无法触及的虚拟

倒计时的数字像是菩提叶

神圣而又诡谲

被尘封在琉璃瓶里的头颅

盈满了泪水却依旧试图飞翔

她化作涅槃的凤凰

烧尽了那些迷离的荒原 浴火重生

看见了月球上独角兽的犄角

以及神秘而庞大的无线电信号发射器


倒数第二重空境 记忆开始轮回到原点

摩斯电码般的符号 并非没有意义

轮回的先驱者 是两只变作雀鸟的蝴蝶

在梵文与云雾中徜徉

五支香祭奠着曾经早已死去的亡灵

烟雾缭绕之间好似又到下一个轮回

行星之中的浪涌是她的死因

惧怕水的她却被一双绵软翅膀牵引

它扇起温热而令人沉醉的风

裹挟着她逃离这片荒凉的异世界

六字真言印刻在飞机的机翼上

佛堂的莲花依旧盛开 恍若一切从未发生

似乎随着火箭就能抵达彼岸

飞行不过是永恒的坠落


最后一个幻境之中她笑得多温暖

心跳的频率早已注定了轮回

那一瞬时间空白一切都消失

似乎有什么甘甜化在心田

带着你奔赴粉蓝色的下一个轮回


在那古老又神秘的独角兽国度

她的万千星辰尽收于眼眸

隐隐勾勒出她名字的轮廓

眼眸成了宇宙之中最亮的星辰

载着她飞向遥远彼岸的尽头

那里有凝固的心跳

有温柔而绮丽的彩虹 牵引着她沉溺

也有前世置她于死地的湍急河流

温柔假象下总是暗藏着致命陷阱和虚妄光阴


最后一瞬一切归于星辰

星球之上 是最初轮回的起点

那是襁褓中的婴儿 是谁修建天梯通往星河

假象里总是有着万般美好

画中画的传说 蔓延了无数时光才被放下

沉迷于童话幻梦的众人

不知是谁在耳畔将真相揭晓

繁复隆重的包装下 卷轴以银河为丝带

尽头的星星依然闪光

无人知晓其实在第一个瞬间 她早就死了

为了救唯一陪着她的兔子

她掉进了门口那条永不干涸的河流

她的名字之上是永远无忧无虑的彩虹

彩虹凝结出小星球

星迹之上她的心跳渐渐变成直线

巨大的机翼 那是开往星云的航班

从画中画的终点处 越过了纸面再度爬升

干枯的枝桠高悬着一轮明月

过山车的轨道被呈现得无比清晰


从始至终她不过一场凋零

无数美景不过是她以幻境自圆其说

她早已死去 灵魂却从未停止滚烫

在画中画的尽头 她耗尽了最后的光

散作灰飞的她 不可能再入轮回

只有兔子在为她悲伤哭泣 她将兔子当作知己


兔子终于随她而去

变成了天上有着耳朵的星辰

谁能知晓 莎黎的一颗心脏

被做了充足的防腐措施

泡在琉璃瓶中福尔马林液里

被她最害怕的水包围

却依然有坚定而温柔的心跳


兔子的耳朵架起了过山车最后的轨道

轨道越过星球 化成名为无限的漩涡

名为轮回的心脏 被折去了一侧翅膀

伤口处涌起柔软新鲜的血液

病态的甜香味让谁忍不住沉溺又深陷


心脏的一旁 月色渐渐消失成无数星光

最后挣扎搏动的心脏 终于展开了双翼

它在幻象里越飞越高 去往下一个轮回

无人忍心折断它的翅膀

众人却心照不宣 一切早已了无意义

早已死去的心脏最终被烧成了灰烬

只留机翼尽头 一切交汇于一颗超新星

超新星的缘起 是一切的终点亦是新一个轮回


# 星环

你是遥远天际黑色云翳中星辰无尽光晕

望不见夜色的沉沦

那抹光汇聚无数光灵凝成星团

我却为何在亘古中兀自昏暗


星团里幻变凝聚化成久远昏晨

初心懵懂是天神之初无尽安然

日落的光景凝结成地平线

我携你看星际之初天河一片蔚蓝

那是流星化作云团得瞬时或永远安眠


飘飘摇摇银轨零零散散光团

听闻飘摇光景都擅自消湮

看见零散声音裂散成碎片

这一寸感知消退抽离蔓延

才方知此时彼端灵态浮现青鸟翩跹

那青鸟飞去衔虹色丝线

渡霓虹飞过星夜尽头燃第一抔火焰

炽热烈焰又冰冷似海底深渊溯洄在云端


那只执着的蝴蝶被碾碎在风暴眼

固执的念想是十里红尘 不断烬灭又化身

你说镜花为何成为并蒂莲

而唯有水月独自徜徉变幻聚散在那星云间

倒转魔术是旖旎情绪形成机制 开启新纪元

小丑帽中兔子竖耳细听那旋律悠远

怀抱一抹来自原始或未来光晕

它怀中万物虚空又有灵让一切冥冥对称


沉黑云霓再度吞噬吸纳星云 在昼夜永寂无尽

你说重构时间不过对话于衰变

一切肆意蔓延如那年山茶花往复又回环

空镜时刻是倾斜安全正中均衡点

原来世间恩怨盘根错节 悲欢喜乐都归于星云

今夜上弦月也随之消散在无尽黑暗

漆夜之中却是光晕悄然抬头低头乍现


光芒飞过时间溶解在那一切始源

渔人回身桃花源渺短安详 已空无一人

而我是那星轨 初始终结何其短暂的久远

万千云翳是那星辰光景赴向盛宴

又化作平行世界逶迤缱绻在时间线

那颗流星放逐放弃世间却又多迷恋


青稚少年一袭白衣倒映星海 在地心表面

流星滑落回忆 那片天空与暮色交换

和平鸽填进 逐寸消散新生封锁 浮现执念

星轨航道在月色中下坠那一刻 安然

它们肩并肩飞跃海市蜃楼安睡在平原

你却满心期待 恐惧眷恋决绝 偏离视界事件

视界于你如轨迹于流星 相知相缠

潦草结束无策相守 灰烬是那句诺言

古旧羊皮纸月蚀之中化为流光与极寒

偏离圆心 在巨型城市上空俯瞰

记忆水路断链重连吞噬又改变

微笑裂隙迷失 知觉逃亡 放逐在流星之源

霓虹中交响在错落影像四光年之外涅槃


淡忘铭记 无数遍庞加莱重现

何其庆幸 满眼炎凉化作初阳重演一遍又一遍

月见草复生凋零 苍凉命运

钟轮虫与离群之鸟对话 幽暗闪烁深林

每次出现都是微缩宇宙在光芒棱边

而它也如同无数重写重演无始无终里逸散


紫丁香重构崩解在不规则边缘

是谁在洪荒之中定义无数亲昵与遥远

定义本身便是被他所定义又嬗变

不规则恰是规则纵然不圆满

放逐信仰在樱花琉璃中相看

古老箴言未曾提及那句两不厌

拉尔戈巨船之帆写满超新星遗迹与碑文

白桦再难生长碎裂成星屑 是莎图温光环
至高维度中殷红焰火冰冷而悠闲
蔚蓝海底是沉船遗迹 被月色与暮光尸骸载满
遗迹冰锥如刀锋刺入掌纹
恍然瞬时或永远到终点 穿越阻滞的区段
断裂衰退笑靥 是柔光中冰冷余温
星系大多都相似 在抑制转移中对话的时间
轨道也顺势而下逆流而上再度重演

在一切风暴中航行七秒钟 海洋也曾是星辰
我们如浮世游鱼在苍茫苍凉里敲响琴键
琴声回荡天外是时光倒数 钟声似夙夜星云
星屑凝聚成你我 在流光中目色交换
晨晖之子坠入云海与渊洋沉黑温柔彼岸
末世尽头创世之初是相互拯救又相互依存

最后一秒你散作樱花笑得多温暖
我跌撞在阵营与蜃影 望不穿心门
人鱼凝泪成珠 是沧海里明月惊鸿又残忍
利刃剥去鲛鳞 是阖眼睁眼沉沦清醒餍足贪婪
阒黑光明是妄念 清醒澎湃又安然

鳞羽丧失星芒 她周身却遍是光晕

落入云端带着那束光 是世界绮思或溯源

在他颈间 是她亲手凝出蓝田日暖玉生烟

未曾拥有企及亲昵却朝夕不离纠葛相缠

寂寥无端偏离航道 擦肩皆炎凉客妄自写诗篇

坠入星云亦真亦幻 是亘古眷恋也瞬时决断

尽头是天河粉碎在那夜海渊


# 逆转童话

糖果屋里的孩子在仰望夜空

夜空中有他无比熟悉的轮廓

这个轮廓存在于一只鸟的翅膀上

鸟的翅膀很大很大

但是在鸟的翅膀下面

有半张猫脸和深邃的猫眼睛

另外一边 一只鸟的尾羽上

也生长出了鸟羽一样的猫毛

和一些像猫毛一样的羽毛

另外一边

绿野仙踪的精灵 放飞了一群彩色的气球

左面的构图似过山车轨迹

右面是随机的构图 成为残破记忆里的碎片

有一条独一无二的大鱼 身上有彩色的刺青


水面上出现了一条路

似乎是林间的迷雾

大鱼拍打起潮汐的浪花

在潮汐中 一只兔子拿着一个瓶子

对着月球收集能量

它要用这些能量

做成一个一个月球形的小蛋糕


在一切烟消云散之间

你能看见晨曦来临

在樱花粉和薄荷蓝的交汇之处

有着鹅黄色的光

你顺着林间的迷雾走过去

那边有着一座糖果的城堡

你可以拿走一颗纯金的糖果

前提是你得拿最喜欢的东西和城堡主交换


于是 在城堡主的篮子里

装着各式各样的东西

有个女孩留下了初恋送给她的项链

有个男孩留下了高中时期最爱的篮球

天赋异禀的少年却放弃了小提琴梦想

身患重病而贫寒的少女让阳光永远消失

来换取这些能救她命的金子


那是可怜的小萨莉亚

她的面容精致又漂亮

她穿着破旧的老式长裙

那是二十几年前的款式

她告诉你顺着哪条路走过去

然后在那条路的尽头

你就能看见一个巨大的灰色隧道

隧道似乎是一个黑洞

竟能看见炫目的旋律 在夜幕为底色的天地

无忧无虑毫无禁忌地徜徉


你笑着看它们会去往哪里

却不慎 失足掉进巨大的隧道中

在飘浮的光里有海洋的颜色

海洋尽头有一颗失去光亮的星星

你没有留意脚下的路

一瞬间顺着时间线

跌入星环的轨迹里 像一个浮游生物

时间飞快倒退 越过了玩具小船和美味三餐

越过了笔记本折页里藏着的小白花

越过了欢愉尽失宴席散场后

无人打理一地的狼藉 那是谁的证据

始终不染回去的浅粉色头发 是青春的影子

磨灭的时光中 谁能放逐星系之外流浪

那是晨曦赋予你温存的纱幕

就当是纪念她回不去的往昔和青涩岁月

那时候她还是一捧浅色的小光球

有着引以为傲的漂亮的环状星云

成为她周身丝质长裙上的花纹


晨曦用可以随心所欲让天变晴作为礼物

让你答应她一个条件

你必须在三天之内帮她找回从前的岁月

否则你将会彻底消散在这无尽的多重时空中

你可知一切的尽头皆是虚妄

在时空隧道中你注定永远无法抵达

在温暖而冷漠的蓝丝绒中

你流下了一滴冰凉的泪水

似那年夏夜的骤雨顺着鼻梁滑下来

却落在了心头 成为一切的解咒

在快到尽头的时候你揭开了谜底

那是远古的神祇时代 众生皆以星为河

在粉蓝色的河水中 他们漂洗着星辰色的布料

那些流星的碎片被沾在布料上

折射着遥不可及的光源

在光源的尽头有着颠倒的童话世界


小美人鱼看似爱上了王子

她去求助了一条蛇形的鱼

它用自己的魔法

给了她两条腿 却全是鳞

小美人鱼拔下鳞片苦苦磨成利刃

她绑住了熟睡的王子 用亵衣塞住了他的嘴

她给他念了迷魂的咒语

咒语随着呼吸进入他的血液

是一丝微凉的风掠过心脏

渐渐变得冰冷 弥散在四肢百骸


人鱼用鱼鳞作的利刃 割开了他的动脉

顺着血管的纹路 她灵活的小刀

切开了他周身每一条青色的纹理

鲜血流了出来 王子被惊醒

小美人鱼将白色丝带死死缠住他的脖子

直到他的手无力地抓住了丝绸的被单

他的呼吸渐渐变得可怕 最后永远不再动弹


她面无表情地看着王子死去

随后将刀摔得粉碎

她巧妙地收拾了现场 放出了王子养的海麒麟

海麒麟是海洋的孩子 自然听命于她

她做出了王子被这头巨兽袭击的假象

它是一个完美的替罪羊


王子的魂魄随风消散

她沉睡在王子温暖的尸体边

在第二天一早装作从熟睡中惊醒 慌乱失措

她的哭喊声引来了众人

他们在她虚情假意的眼泪中将王子安葬

她是有着一双纯洁大眼睛的 无辜的公主

却永远无人看见 她在阁楼上粲然的笑


她在阁楼上翻阅着一本破旧的羊皮纸书

上面布满了灰尘和蛛网 在烫金花纹的缝隙里

那是一瞬间破碎的光景

触及银河边际无限远的距离

是什么在须臾之间飞到时光的尽头

那是谁人心照不宣的秘密

还是终将离她而去的光芒万丈的传奇


那是她未曾拥有的玄机

融化在薄荷蓝色的彼岸

像星系之外的尘埃对她轻轻挥手

虹色天光之外的笑靥 映出的画面是谁

曾经泪流满面的遗憾

如今却只觉得可笑

可惜了那些在苦涩光景里度过的漫长岁月

谁人的和平鸽送来一封飞跃时间的信

有一些现代笔画的古典英文

还有着漂亮的烫金花边


花边映出了谁眼眸 似无波无澜的死水

双项选择题填写了无数遍

还是无法改变当初的结局

越想留住的越是留不住

毫无所求的却得到圆满结局

面对着眼前的选项卡 她最终郑重落下答案

复制一个一模一样的自己

最终的裁决是选择出生

也就是即将被克隆出来

她可以选择看着那个自己慢慢长大

也可以选择提前结束她所剩无几的生命


她看着面前镜子里的这双眼睛

一想到这双眼睛之前深情凝视过的人

一想到这双眼睛之前干过的那些事

她就恨不得把它们剜下来

最终她在意识尚未消失时

作出了第二个选择

如同一只蜉蝣 消散得多渺小多卑微

只留下那寒冷孤独的灵魂

被温柔的光晕缓缓吞噬 像是快要融化一般


平行世界里的魔法师 给了小红帽一瓶毒药

可以抑制她变成恶狼

也会缓慢地消耗着她的生命

水滴石穿就如同钟乳

然而它却是唯一可以让她保持天真的东西

一切本无对错可言

有的只不过是人心


感性的人在骨子里是一个很理性的人

理性的人在骨子里又是一个很感性的人

小红帽知道真相是假

但是这个时候 能不能放任她真相是真一次

落难的小红帽沦为了雏妓

她做了一个梦 在灯红酒绿的欢场里

曾经的少年成了她的客人

却对她没有任何要求 只是在对面看她眼眸

她眼眸里再也不见当年的神色

梦醒果然都是镜花水月 一场楼台一场空


被复制出的萨莉亚

有着看起来截然不同却本质相同的人生

她的丈夫名叫兰德尔 是个异族人

十足十的金玉其外败絮其中

神明的独子被养得娇纵傲慢

喜欢萨莉亚极漂亮的面容

却恶言她性格古怪

他纨绔不通外物 富贵不念利禄

自比清高如云烟

更恶汲汲营营卑躬屈膝

她面容刻薄美丽 笑起来像是蝎尾的毒针

生得珠玉金翠繁花似锦

可惜凌厉有余威严不足

叫人惧怕却不敬重

那是何时在远古深林里狩猎猛犸

兰德尔却懒于张开手中的弓

指间那一枚玳瑁扳指倒是好看

他骑着马在林中溜溜达达

萨莉亚骑在另一匹马上

不远不近跟着他

仆从不敢打扰少爷和少夫人

两人气氛冷凝无话

只是黑熊惊了马 差点摔伤了萨莉亚

兰德尔介于青年和少年之间

他身条瘦削凌厉 脸色霎时间变得苍白

却还是下意识挡在了萨莉亚面前


兰德尔的转世是个三流作家

在一次与巫女相遇 看见前世之后

他把世界编撰成了故事 从此出名

为了保持这种名气需要付出什么

是在内耗生命 还是真的逃脱了这些恐怖过往

是他在写东西

而不是有人在撰写他的一生吗

这些用心血写下的恐怖鬼怪

会不会把他吞噬掉

故事里有个神秘国度的少年

他唤作拉斐 从小就沐浴诗歌贪欢妙韵

在他风采无量的时候

王孙贵族给他喝彩

公主暗送秋波

他自傲而清高 怨恨埋怨这世间

他来到了不拔之地 少有人称呼雅致

他开始穷了 他与人争执

想要赊点肉来 他挺起胸膛撑起傲气

劈头盖脸地辱骂 那张脸让人害怕


他败了 也失落了

他乐悲 又生乐悲 书信渐缓 亲人再难忘

大笑从那狭窄的胸腔传出 竟然惊魂

他拿起笔 欲在墙上写下那绝笔 竟然难写

他支起船出海去了

那日他放声歌唱 豁然开朗

只是船毁了 毁在了海岸线尽头的星河里

他撞上了那颗代号为 μ 的小行星


那颗行星上有着七个原点

象征着七宗罪恶与七重过往

是七条魔术师曾经满怀期待引以为傲的魔咒

第一条 人们在命名一个新事物时

总是偏向于用自己曾经命名过的名字

第二条 灵魂不是灵魂

灵魂只是大脑臆想出来的一个灵体罢了

就如同山涧里缥缈的微风

第三条 如果拉斐附身在一个小孩身上

世人会不会以为 小孩上辈子忘喝孟婆汤了


第四条 你可以执着于快乐

但未必要通过爱情

爱情的欢愉不过只是万分之一

还会把你折磨得死去活来

第五条 你看浮光中的世界都有万千星海

为什么要沉迷于那个人眼里的片刻星云

第六条 永远不要相信你看到的一切

霓虹中虚妄的暮光最擅长骗人

第七条有着被焚烧过的痕迹

依稀辨认出了几个破碎的单词

花体字龙飞凤舞地写着

上面的六条其实都是魔术师的错误


小红帽用红色斗篷 将自己的笑容遮掩得严实

是曾经的红衣少女 一手拉着爱人的手

一手抓着他给她的那封信

故作媚态地趴在他怀里

当时的他们很简单 有他在她就觉得

虽然面前是无尽漆夜里的仓皇坠落

她反而安然 因为早就知晓光的尽头就是他

如今一切变得可笑至极

画外人会衰老会凋亡

似乎是一场大梦中的闹剧

无法得到不死之身的画外人 怎配爱上画中人


那七条咒术般的谶语 是她七个阶段的浮生

最后交汇于一颗透明云雾中的星辰

画中画之外 是画外人易朽

一场荒唐的童话 结局注定凄凉

那是有着天梯的树 世人皆言通往星河


# 四维空间

光芒融解 那一瞬会逆行时间

沉落海底 就忘记浮光中的岸

浮光掠影 霓虹旖旎化在心间

你说你是云又怎会上岸

渡你便是赌上余生悲欢

残影中的记忆飞跃地平线

金鱼溺亡在水中泡沫落下无限

微笑 彷徨 断裂 在每一个世界

暴风眼中是蔚蓝的终点线

阖眼 飞跃 空档 倒转着神经线

坠落 爬升 凝固 雪山中溶融的画面

携我一同坠落戏文中断崖边缘

危险 凝固 颤抖 唇边甜美血迹

乌托邦的乐章是我温柔吸噬

齿间带血微笑你此生只属于我

幻灭 假象 樱花 不过是虚妄中慰藉

血色半甜半暖

恍惚云端温柔回忆弥散

抹杀 跌落 急促 窒息却恍若安然

到达三千世界尽头重复自我解剖

眩晕 散落 悬溺 星辰崩解是无形光晕

鲜血 酒精 星野 风暴碾碎跌堕的蝴蝶

云中有光 毕生去寻却早已空白了意义

解药 救赎 回溯 都融进欲望时间折线

馥郁感知爬行在月球第一束火焰

重构 架建 喷薄 安详是不愿通晓沉沦

褪淡的执念是虚拟中星辰变幻

流光翔翩不曾抹去时光中交错伏线

是那一瞬晚风过境星夜下炽热交缠

何其庆幸反复书写世界人间值几钱

灯塔 迷乱 碎裂 是夕阳化作心脏轻易被吹散

缱绻 迷恋 病态 神祈的祭坛崩解光芒的棱边

五彩霓虹泡沫丝绒般包裹身体 躲进温柔的你

浮光骤然消散是湮灭时的美丽 我宁愿不复醒

光芒坠落指尖 拉我幻化三千世界

弃我彼岸之中 笑看良辰盛世毁灭

星辰化作沙砾遗落于空镜那些片段

游鱼跃升蓝天因为它是太阳的执念

递归 心率 迭代 眷恋沉沦温柔与化合盐

抽离 虚弱 坠落 告别旅途偏离正确路线

云端坠落的空白绵软 不过跃升的前奏曲

逐渐褪淡的鲜血淋漓 是黑夜病态的依恋

剂量 阈值 红莲 断续的记忆残片

灵性浮现断链 烟花散作那夜月色无限

漫长中的抑制 是乌托邦再度飞跃顶峰

空幻 残影 依恋 是最后的平行世界

虚妄 浮光 下坠 依存症的四维空间

# 澜夜

在光阴的缝隙中 谁又能回想起前尘

那些尘埃 像云朵一样 浮离在巨大的星环之间

当人类的认知过于轻浮时

清醒便是一种罪过

那是什么 好似已经被无数次传唱的歌谣

如果把我们放在一个真空时代

我们会不会变为彼此的 untouchable illusion

潮流和暧昧是不是多可笑多荒唐


曾经有一个小女孩和巫女同一天生日

后来她便被巫女夺走了一切

曾经的那个戴着粉紫色帽子的巫女

用她绣着一张大嘴的帽子

把小女孩变成了精灵

精灵没有灵魂 只有两个不属于她的魂魄

一个是灵童的魂魄 是一个可怜的婴儿

生在一个完美的漩涡之中

却在无尽的失重之中

失去了曾经带着笑意的眼神

也失去了眼底早已结晶的泪水

她的魂魄被巫女招引 缝制到了精灵体内

另一个魂魄是真正的精灵的魂魄

精灵有着洁白的双翼

戴着不断变换的花环 那些鲜花盛开着

精灵会赐予人们洁白无瑕的力量

也会让人们反省他们的过往

这两个魂魄都被缝制到了精灵体内

被神秘的余晖所掩盖

小女孩有着蓝色 紫色 黄色和粉色交织的长发

有着一双黑葡萄似的大眼睛

似笑非笑地看着世人

眼底似乎有被封印的星辰


直到那一瞬间的临界点 是谁解开了封印

像一个既定的基元点

也像万物初始的机缘

是谁心不由己 看桅杆倾斜在月光中

又是谁心甘情愿 坠入深海不在乎一身伤痕

谁能无数次回溯寻回机缘的真相

所谓的机缘被某些既定的意义制造

像是庞加莱重现将世界 重演一遍又一遍

却仍是寻不回那一瞬冰川之下涌起的烈焰

荒原之上天降的骤雨

古老神秘火山顶瞬间融解的千年玄冰

它们交织在她心海

成为每一瞬心跳的频率


那是若干年后 她说还是回清水港吧

朔州这个城市太大

她在那里是留不下来的

节奏又快稍有不慎就会出局

然而唯一不出局的办法 就是做真正的强者

朔州给了她一个变成真正强者的机会

她还年轻 为何不去拼这一把


那是我爱的少女 她天生反骨

娇纵而贪婪 赤诚又勇敢

她能一身华服看遍十里洋场

也能青灯古佛自此孑然一身

她在一本破旧的书中写下

人类的初始意识是一个随机而旋转对称的环

后来才逐渐有了自主意识

有了掌控思维的能力


是谁虽是一介优伶歌伎

市井红尘里小女子

却幸得心上人为她披罗裳

又是谁生杀予夺只手遮天

是那九天翱翔的凤

却终是机关算尽一生无依

后来我们断了联络 谁成了当年的谁

谁又变成了谁的执念

正如那时她像极了那个人

而那个人却始终羡慕着她的样子


是谁曾经探寻时光的边缘

那是一出滑稽的木偶剧

如果有一天

一个人扭了八次脖子

又向相反方向扭了八次

然后正向四次 反向四次

就如同在表演滑稽的喜剧

这个时候 其中总有一次

这个人的脖子会跑偏 而观众会哈哈大笑

你我只不过是看客

却比小丑更滑稽


是谁在星轨之中急旋慢转

又是谁抚琴轻轻弹出无比熟悉的旋律

像是小熊最喜欢的奶茶 带冰淇淋的那种

冰淇淋好像是芋泥奶昔和香草味道

是谁无边无际云海之中 开启新一轮陷落

如同身在空境 却满目皆是炽热星河


那是谁的草莓奶油蛋糕 有着樱粉色的糖霜

是谁在回音中晕眩 海平面成虚妄

像是一生参不透的云霓

谁的小熊想要倒着活一回

它想 如果每个人都能倒着活一回的话

是不是可以理解那句

一个没有童年的人

他的青春也是拼了半条命

从阎王那里挣回来的


是谁 一笑执念 温柔的余韵和不远处闪烁的灯

触手可及的情节 好似薄荷蓝的夏天

时过境迁的晚风 多绮丽多美好

是云中的游鱼穿过了迷雾和白露

为什么在一切终将烟消云散之时

她却越陷越深 怎奈万般诸相皆是虚妄

为何她和他一夜旖旎

却掩盖了真相骗过他 骗过世间所有人

可知道这一切有多荒唐

如同幽暗深林里升起的白雾

航标灯闪过虚拟的终点线

她寻寻觅觅问何时才是轮回的始源


是谁突然偏离了既定的轨迹

任黑夜与光芒吞噬

突如其来的暖色光芒 爬升至最高点

却猛然被拉到无尽断崖

那是瞬间的停顿感和落空感

在一片空白中

满心的期待和对未知的恐惧 相依相附


那颗心在失重中对话时间 不由自主化成星云

一瞬间星辰乍然碎裂散落

在方才情绪所致的失重感中

被辰光牵引 甩向最渺远拥有巨大光环的轨迹

瞬间意识也蔓延到了无限远 无限近

那是纯白的水面 灵性的侵蚀

溶落的孤独 是整个人化作一道白光

被漆黑吞噬 在星海之间无尽地下坠

暗夜微澜未必能祭奠苍穹

只留亘古的星辰在四光年之外闪烁

粉色 白色 蓝色 紫色 红色 是遗世独立的云霞

坠落海底的尽头是月亮 有着星云折射的光

美丽而神秘的海底 是蓝色 橙色 黄色 白色

海底有云 像是依然化不开的迷雾

你在朦胧雾霭之中看星空消失

那一瞬福至心灵多绚烂 如同亘古的回音

是谁在破旧的哥特式建筑中 吟唱古老诗篇


黑色的童话如同氧气罩中的玫瑰

何必执着于那尘世之中的幻光

人类的欲望没有节制

往左是绚丽波澜中 三千琉璃世界

向右是凄迷的时间线 无尽澜夜

如果控得住这一切 你就赢了

曾经有一个人对我说过 何必去争个输赢

只愿沉溺 纵然时空破碎山川成灰

然而能得那一瞬夜色无边 也甘愿

# 圣女

神秘的兔子曾经在蛮荒峡谷写下符文

那是一场华丽而绚烂的冒险

在空洞的悬崖尽头 是一道彩虹光

水中的月亮上挂着透明的珠链

在水面渐渐升起白雾 水底是一张笑脸

像一条失魂落魄的鱼

被浮游生物所环绕

水底依然有陆地和海洋

在水底的海洋里 还有着另一个海洋

无穷无尽似乎像一场荒唐的变迁


那好像是一种远古巨型鱼类的脸

挂着诡异而充满诱惑性的笑

让人想起命运悲惨的 穿着华丽丝质长袍的妇人

那是一张早已失去了灵魂的脸

她却是人们所供奉的圣女

传说她会给他们想要除掉的人降下诅咒

她的身躯早已腐朽在浑浊的河水里

她的灵魂被吹散在遥远的风中

风中混杂着脂粉与淘米水的气味

而那些彰显了她生前美貌的器官

被人挖取下来 将它们风干用化学物质保存

那些失去了生命的肉体

变成了腐朽 破烂 透露出恐怖的棕黑色

上面凝结着干涸的血迹

以及信奉者涂上的名贵的香水

以及从蟒蛇腹壁上刮取的 上好的蛇油


信奉者用自己的鲜血

以及那些污浊不堪的液体

来喂饱这高傲而可怜的神明

实际上 她本不想被人奉作神

她是一个普通女人

若是问为何她的下场如此悲惨

且坐在悬崖边 望着霓虹听兔子讲故事

因为它是这片土地上最后的碳基生物


那是一个凄风苦雨的夜晚

她诞生在一座平凡的木屋

她被选中成了万人供奉的神明

享尽了荣华富贵 却只能终日待在小小的房间

她的房间被华丽的红色丝绒装饰

到处都有着幽灵暗中保护她的安全

她的餐食是世界上最好的厨师特制的

每天有人收集她的数据 她必须填写问卷

来确保她达到他们认为的快乐

她被认为成是月祭降临之时诞生的圣女

所以她的一生无缘阳光和土地

她的房间没有窗户

因为圣女被阳光照射 是不吉利的象征

人们用华丽的轿子抬着她出行

被世人遥远地顶礼膜拜

他们为她撒下了五色花与三色水

她却无法感受到花的颜色与美丽


人们每天检查她的身体

来确保她光洁无瑕 没有任何伤痕

像一件精美雕饰的工艺品

放在展架上供人欣赏

又像是佛堂里的白玉雕像

保持着人们心目中认为的完美

她是天真和吉祥的化身

同时她也是黑暗和幽灵的化身


人们向她许愿 她会用狐狸毛和金色的丝线

掉落在山顶的陨石 天折婴儿的骨灰

旧庙里的古砖 风月场所的泥土

来自异域的神秘药材 蜥蜴风干的眼球

捕捉到的怨灵魂魄 笼中囚鸟的尾羽

摆出六芒星的法阵


她站在法阵中央的丝绒地毯上

用尸油制成的蜡烛 将这一切点燃

来做一场盛大的法事

她烧掉那些人想要除掉的仇人的照片

便会为他们带来灾难

直到有一天她被人拐走 骗入山林

险些遭到恶徒的蹂躏 一个狩猎的少年救了她

他有着爽朗的笑容 皮肤被日晒成古铜色

他穿着兽皮和粗麻布制成的衣服

那是她从未见过的一种布料

因为人们规定她只能身穿华丽的丝质长袍


少年将她带回了他的住所

那是森林里搭建的一座树屋

他烤制了刚刚捕获的鸟类的肉

蘸着用野草和树莓制成的酱

那是她从未吃过的食物

她吃不惯开始反胃呕吐 少年感到诧异

他为她倒了蜂蜜水 取自山后的蜂巢

有着她熟悉的五色花的香气


她渐渐适应了这种自由的生活

虽然对于一个长期被软禁的人来说

自由可能是一种残忍的折磨

但是她终于脱掉穿破了的丝质长袍

因为它不能用棕榈制成的刷子清洗

她换上了少年给她的白色兽皮袍子

将丝质长袍扔在了悬崖边的水沟


人们焦急地寻找她

看见了水沟里被浸湿发霉的衣服

他们猜测 她早已被恶徒推下了悬崖

他们为她举行了一场盛大的葬礼

她曾经的私人物品被高价拍卖

他们信奉圣女的遗物具有别样的灵力

葬礼进行了七天七夜

那些价格昂贵的礼物和写着神秘符文的金箔

天堂鸟花束和她的金质塑像

堆满了她曾经生活的没有窗户的房间

让那个原本就逼仄的房间

此时更加令人无法呼吸

而她却和少年在天地间徜徉

他带她去了街头巷尾每一家小店

也带她去了丛林和清澈跳跃着的小溪

她从来没有见过溪流 以及那些自由的鱼儿

他教会她骑马 在午夜的森林里看萤火虫

也带她去了水灯节 看市井中的万家灯火

无数盏花灯为衬 他们在暮色下拥吻


人们一直没有找到她

直到三年后 她去买几个马铃薯

卖菜的小贩认出了她 人们将当年的圣女围观

他们的眼神有怜悯和嘲笑

也有着敬畏和膜拜

他们认为她堕落而不堪 失去了曾经的光芒

变成了一个凡俗的女子

然而她被曾经的首领 接回了原来的地方


首领处死了讥笑她的人们

很快其余的人重新对她顶礼膜拜

然而有一天他们在例行检查她的一切时

发现了她早已失身于当时的少年

他们勃然大怒 把她推下神坛

因为她不再是他们心目中圣洁的神女

他们却不知道这三年她是真正的快乐

超过了他们给予的一切香车宝马

因为在世人顶礼膜拜的表象下

她只不过是一个利益的牺牲品

首领通过她来骗取高额的财产


他将那些信徒的供奉品变卖到了异国

她的每一场法事 都价值一根金条

这些所谓神圣的供奉 被他换取了无数钱财

在不远处的欢场里 他怀抱着妖娆的歌姬

她们朝他暧昧地笑着

他口中说出下流的词语与低级的玩笑

他寻欢作乐 挥金如土

在那些违背了教条的灯红酒绿中放纵自己

那被视为禁忌的一切 让他永远不会感到痛苦


然而第二天太阳升起 他还是众人尊敬的首领

无人知晓他的放纵与狂欢

那些他挥霍的钱财 也无人会提及

新的少女再一次被选中 被万人供奉

他们认为她比上一个更加美丽 更加纯真

人们很快忘记了那个可怜的女子

她沦落在世俗里 靠着美貌与心机蛊惑人心

她的身边永远不缺富有的男人

在纵情声色中 她和无数人寻欢作乐

摔倒在五色地毯上 早已被麻痹的神经

感受不到任何疼痛 她迷恋上这里的一切

少年曾经无数次来寻找她

她却认为他只是想要报酬

她绝口不提当年的日子

将自己认作一个无比风光的显贵女子


她随手摘下了手腕上

某个肠肥脑满的男人送给她的南洋珠

那珍贵的珠子 每一颗都值十两黄金

少年没有收下 垂头丧气离开了这里

他认为无数次的寻找 早已失去了意义


在一个依然凄风苦雨的夜晚

她被垂涎于她的男人 下了使人昏迷的药物

她倒在了五光十色的舞池中央

不断变幻的灯光打在她布满脂粉的脸上

那是一张带着谄媚神色的疲惫的面容

纵情的欢愉让她早已忘记了星风与花灯

他们以为她死了 毕竟这已经稀松平常

她像一个坏掉的木偶一样

被扔在了欢场后的河沟里

和那些纵欲过度死去的醉鬼一起

曾经的首领连夜将她用一张毛毯卷走

他知道她还活着 却已经气息奄奄


他没有选择将她再度救治

而是用致命的蟾蜍唾液毒死了她

幸好那种毒物作用快速

昏迷中的她感受不到任何痛苦

她笑着离开了这个世界

定格在风月场里常见的 腐朽而靡乱的笑

那是她留给世人最后的样子

他们早就忘记了当年她明亮双眼里的星辰

像林中的小鹿与霓虹色的独角兽


首领与众人将她肢解

她的肉体被分成无数小块

包括她的隐私部位 被传说成具有神奇的功效

它们被化学物质浸泡 制成类似标本的东西

装在名贵的丝绒礼盒里 被高价售卖

蜂拥而至的人群很快将它们抢购一空

它们依然被供奉

实现人们心底不可告人的欲望


你坐在悬崖边 兔子依然在讲故事

那个曾经的首领依旧在寻欢作乐

貌美的歌姬将他的杯中倒满酒

灯光还在肆无忌惮地摇曳 如同天上人间

突然有人推开了包房的门

众人被惊扰 扫兴而气愤地看着闯入者

那人气喘吁吁地将首领叫了出去

远离了喧闹的音乐 一下子变得安静

在这异常的平静中 报信者伏拜在地

他惊慌失措变了声音

那句话从他口中说出 宛如晴天霹雳

他颤抖着 不敢看面前的首领

"新的圣女又不见了"


# 如你

在荒无人烟的国度有一个古老的小城

那里的时间是逆行的

任何人都可以通过市中心广场的电话亭

进行一场时空穿梭

歌谣 熟悉又陌生 是谁牵引你心迹


如你 凝望着终结的时间 也能解万物封印

那是无关风月的盖世传奇

若说不触及那片星海 已经是不可能的了

就如银河逐渐剥离的轨迹

像你眸中无数光点随着星系的尘埃消湮


如你 惊鸿传说谁人曾提笔写下

在无数个流逝或生长的时间和空间中

后来一切的终点皆有规律可循

是你 在一切逐渐消失的那些辰光里

像得水的涸辙之鲋 你笑得多欣然

那是此生无法触及的星天 是谁用光阴交换


如你 看魔兽在迭代中吞噬了流星

在那个神秘的传说中

她的神坛之下藏着她未出世孩子的魂魄

她每日奉献血肉给深渊里的恶灵

那些恶灵将她分食

她从肢体的残片中重获新生


那个化作了精灵的人形灵魂

灰烬藏在她的蓝色兔子里

兔子变成了一条大鱼 告诉她时间的真理

就如同手中握不住的流沙

是谁 打碎了浅蓝色的星盘

星尘散落在手心化作沙砾 谁在虚妄中默数

那一秒 是瞬时或永远直到终点

就如烟花坠落 看着天际银河湮灭

再也不愿细数 指间流星有多美


如你 像是逆境之中最后挣扎的希望

一个生在绝境中的人

错把撒旦的礼物当成了救赎

你可知世人看他多可怜 是谁怡然自乐

灯红酒绿的云烟消散了过往

谁又将曾经的无数瞬间一遍遍重现


如你 将朝暮化作白雾 将尘嚣化作苍茫

世人看遗世孤独中的人 觉得他们可怜

殊不知 他们看世人才是最可怜

不过是镜花水月 无人能得永恒

谁在萤火中升华 难解 彼岸一朵佛莲花


如你 牵引了银河轨迹 逐渐弥散了意义

谁早知水中月注定绊人心

你可知无数遍默数后 时间终将消逝

我却依然在 C 值降临的一瞬间

无法成声 爱你爱到几近窒息

那一刻谁消湮了无数个彼岸的天际线

我数不清那些缱绻的灯盏 依然无关风月


如你 像诺亚方舟早已注定的沉没

海水吞噬了一切 谁人一语成谶

我能听见环形的光晕 那是星系之间的旋律

就如同渐渐失去规律的心跳

环形的时间爬行在破旧的终点线

在古老的小城里 有着凄凉的传说


那是绮丽的雪花 看着结晶无数次消逝

在一切的尽头 是初源那一瞬

福至心灵多圆满 像是温暖的霓虹色

由于我不想让一切变成镜花水月

所以我把它们记录下来

那是早已被封印在时间之中的小城

# 黑袍人与白发青年

只要它还在我身边 我就不会一无所有

我看见一个黑袍人 虔诚狂热地跪着

将百余种未知生物的鲜血 倒入眼前的坑

溢出的鲜血 在周遭勾勒出一个诡异的形状

一个血色的法阵逐渐成型


在血阵的覆盖下 大地猛然深陷

紧接着裂开一道百余米长的深渊

一双比房屋还庞大的手伸出

紧紧扣住了大地

猛地将自己从深渊中拔出


一个约莫百米的巨大身影显现

额头长有像山羊一样的双角

血色的长发散漫地披散到腰部

黑袍人看着眼前巨大的身影 嗫嚅地开口

不等他话说完 巨人的手猛然砸下

将他砸入大地

鲜血流出 又渗入破碎不堪的大地

四分五裂的尸体被碎石掩埋

巨大的身影向前迈步而去

每走一步 庞大的身躯便缩小一圈

长角收缩 血发褪色

十余步后巨人便化作一个消瘦的白发青年


白发青年思考了片刻

他打开了怀中的镜子 它像一只猫

史书上没有丝毫关于这个时间段的记载

就像断层了一般 这段时间被截了出来

封存于这面镜子中

在时间的末尾 这个世界便会湮灭为虚无

然后重新轮回反复


镜子里的人不知往前的历史发生了什么

也不知道自己是如何出现

镜子外的人同样如此


人们并不会纠结此事

知与不知对于多数人来说毫无意义

唯有少数的生命体有所察觉

却莫名地消失 陷入了虚无

这样的镜子并不只有一面

这是祸亦是福

镜子里有着一个深蓝色的恶魔

当恶魔造成比他出现前 更大更疯狂的破坏时

人们就会想逃回他没有出现的时光

虽然同样受到压迫

恶魔因此可以逼迫人民交出他们的守护者

而承诺只是将表面的风波平息


他们知道黎明前最黑暗

只是谁都不想成为黎明的牺牲品

他们渴望的是 能够轻松抹杀恶魔的英雄

而不是与之势均力敌的对手

最后 英雄们大多不是在抗争中死去

就是变成了他们曾经最痛恨的恶魔


当极致黑暗的人性中 诞生出一抹光辉时

恶魔才会被他所玩弄着的人性反将一军

你为什么帮我 他看着猫形的镜子

叹了口气问道

系统程序计算 通过帮助你

可以在未来获得最大化的利益 它如此回答

不知道为什么

这样的回答反倒更让他感到安心

就如同最初的世界 没有所谓的神

只有演化的规则 他们没有感情

只是遵守着规则运行 没有善也没有恶

后来一群生物不断地进化

逐渐触碰到了那些原初的法则

并与之融合

以自我的意志去运行规则

从而成为神明


再后来 神明在漫长的生命中

逐渐感到了无趣 他们选择转生到人世间

有的成功了 有的失败了


失败的神明迷失了

被他们曾掌握的规则同化

神明便陨落了 像天边乍然而起的烟花和星辰

而后又会有新的生命占领他们的位置

周而复始


他无法理解神明的言语行为

就像蚂蚁无法理解他

但他可以通过一些特定的方式

改变蚂蚁的行为

木条阻拦 蜂蜜诱惑

神明亦是如此 为他设下温柔的陷阱


# 艾比娜卡号

最初从未消湮 回音从未闪现

如果你对于一件事物 想让它长期延续下去

但是你又不想最后以惨败收场

那请记住

在只有一个气氛点的时候 你要想着星云

直到你觉得你的过山车它载不下月亮

那你就加入第二个气氛点吧

你会拥有两个截然不同的气氛点

然后在你对两个气氛点都快要免疫的时候

再回归只有一个气氛点的日子

你就会继续得到最初的星云


和你的艾比娜卡号 只在漆夜里航行的船


有一天你的船终于搁浅

再找回当初的 有两个气氛点的时光

像一只忧郁的精灵

有着明媚无瑕的眼睛

它能看见万物的真相

穿着欧式公主裙的小女孩

抱着摇篮里的兔子玩偶

玩偶里却藏着

一个虚妄的神明与枉死红尘女子的骨灰


彼岸那座桥之后

众人传言的神秘国度 如今是那么地凄凉

在虔诚祷告的信徒旁

过了马路就是最繁华的乱世

故作天真的假象 少年笑得无邪

笑容灿烂藏着失落的遗迹 在代号为 N 的星球

曾经的彩色光景 是你的蔚蓝星空

你看见桃源里的暖色

你听懂光影里的回音

光影像夕阳下的涨潮 也牵引你的心迹


你看着光芒映在水面 是星际之间的原始色系

笑着看它像你心头洪荒野火

是谁甘愿寻找前世 最后却沉沦

众生早已习惯丛林法则

温暖从来不是寒凉的反义词

你笑着看头顶的电子天幕 它不及眼底星际万分之一

而旁人歌颂那颜色 在你眼中多可笑


不过炎凉客 也是夜幕不归人

你说伸手就能触及 心底的无垠夜色

曾几何时的下意识动作 脱口而出的音节

是你和星辰早就许下的约定

不要担心它会到达你无法控制的地步

人性并无善恶 只知幻光是如此美好

是世人心底最后的所愿

难怪你们看见的都差不多


随着星辰跨越被阻滞的区段 是你心意

心底私藏的那片月色 不如顺水逐波

别挣脱别逃离 不必措手不及

你的气息从未消失 在那个瞬间之后你会发现

它带着你冲破黑夜

成为你最初所愿的粉色棉花糖

不必固执着一遍遍闪现的记忆


那不是棉花糖 而是天边闪烁的霓虹

霓虹灯的尽头 星辰早已为你规划好航线

你的艾比娜卡号 尾翼闪烁着缥缈又神秘的光

在那个霓虹色国度 看见夕阳和星辰

是谁肆无忌惮笑得多圆满

在每一个风月场所的夜晚

它的首字母却是福缘禅寺 你没有福也不是缘

所有的缘分背后暗藏着陷阱和深渊

唯有星辰不会背叛你 它化作你的保护伞

是谁苦等三十年 一个低估了爱情

一个高估了爱情 成为一场可笑的闹剧


你以为粉身碎骨 就能换得与他共沉沦

他只是一笑荒唐 将你的故事

成为欢场里与他人谈笑的资本

他的奶茶杯和五色的吸管 拼成身后的星系

你觉得脚下五彩波斯地毯 像一只疲倦的猫

也随着你旋转 毁了从前浇灭了心底的野火

红莲业火烧毁了八荒 生灵在涂炭中涅槃

胸前狐狸挂饰中 藏着孤独的灵魂

她看着你们 想起了曾经的自己

那是十年前另一个辉煌

终有一天谁都是过往 散作纯白的烟云

原来消逝也是另一种美好


你在一片空白中 念着咒语般的旁白

祈祷着世间万物 填满你难平的庸情俗爱

也是曾经的一切 是你抓不住的光

流星划过 像握不住流沙

你笑着看漫天甜蜜的霓虹 任凭自己坠落

沦陷在一次次跃升 从夕阳到破晓

夜色是众人的伪装 成为一个个谎言

神明的尸身被疯狂的利益粉碎

他们的供奉便是亵渎

只有你找寻着时间的意义 是一切消失

你信任温柔的光 只有它不会害你

像一只顽皮的宠物 获得了信任便更加肆意

带你寻回最初的轨迹 无尽的旋转

是回音在那个古老的城市

戏谑地看着每一个角落里的放纵 狂欢的人群

你能听见吗 那些熟悉的歌谣

是海市蜃楼 也是你最真挚的希冀

# 时间逆行者与猫

最令人恐惧的死法

是被水一点一点地淹没 无力逃离的绝望

在无尽的深海底 是逐渐抽离的失重感

在无边无际的黑暗之中 窒息溺亡

同时 海洋却又有最浪漫的风景

我愿用所有的美好来歌颂与赞美他

是最热烈的挚爱 也是刻骨铭心的恐惧

早已相隔遥远的空间 漫长的时间

我们 凭何说感同身受


我发现我看到的人头顶都会浮现一个字体

有的是"牛" 有的是"虎"

有的是"兔" 还有的是"鬼"

我认为 这应该和他们的性格或者经历有关

直到有一天 我看到一个人

头顶浮现着"人"字


我看到那个人的时候 在一座飘忽不定的酒馆

这座酒馆时而现于深山

时而现于湖心 抑或是云层之上

经常出现在一些匪夷所思的地方

不过总能找到客人

它会给孤独的旅人一杯五光十色的鸡尾酒

如果它还给了你一艘小小的纸船

你可得好好考虑了

如果选择把沉重的记忆放入纸船

要记得好好告别

因为你知道的 胃空着时

会自己消化自己

抽搐着疼痛时 空洞的心也会

自我消化 痊愈或消亡

就如同恍然跌落无尽的星云

绵绵的草原 一阵阵的微风拂过

我踏着淹没脚踝的草走着 很柔软

是温暖的色系 像海风拂过的浪花


我看见了 一座矮矮的山头上

一名少女盘膝而坐 怀抱着一把早已失传的瑟

优雅婉转的音符撩拨着心弦

声音干净剔透 我看不见她的脸

但我知道 她一直在淡淡地微笑着

我没有为看不到脸而遗憾

我感受到了 更柔和愉悦的旋律


矮矮的山头 倏然变成了崎岖的断崖

坠入深渊的人 会拼命抓住身边的一切

莫说稻草 哪怕是刀锋又如何

既然卑微如尘埃 为何还妄图给予救赎

难道是只为求得安然

这一切都被一位老者控制

他在夕阳下 坐在门口的摇椅上

捧着一杯茶 静静品着

随着光的落幕 老者看着遥远的地平线

眯起了双眼 面前浮现出钟表状的虚影

他拈住时间 逆时针旋转着

他以肉眼可见的速度年轻起来

皮肤变得光滑 一个俊秀的青年傲然而立


他的右手深入虚空的裂缝

取出了一把漆黑的狙击枪

缓缓瞄准了前方 低声呢喃着

这把枪 可是能打到百年以内的敌人

在扣下扳机的瞬间

子弹已经跨越重重的时间与空间

出现在心脏上 爆裂开来

鲜血溅满未来的土地


那似乎是一场游戏

世界的一切都没有变化

我甚至还在自己的房间里

看到一只白色的猫蹭我 不过家里并没有猫

我摸了摸它的下巴 它舒服地上扬了嘴角

半边侧脸的嘴角 越翘越高

变成了一张微笑着的人脸 似乎是一个女人

涂着很红的口红 并不说话

只是静静地盯着我笑

它的半张脸越来越像人 而我越来越感到恐惧

那只诡异的白猫 头部从中间撕裂

左边就是我看到的面庞 右边 或许也是


它竟然开口说话了

它说 树懒可以一动不动待一整天

蜉蝣朝生而暮死

对于蜉蝣来说

树懒就像是不会动的死物一样 和石头差不多

或许很多被我们定义为无生命的存在

并非是绝对死物

比方说 尘埃以及星辰

它是永生的 然而永生于它而言

是赏赐 还是折磨


永生 能够见识更广阔的世界

拥有无穷的智慧与权柄 借此支配世界

但是相对的 万物皆有两极

你必将见证熟悉的人一个一个逝去

或许 你会逐渐变成世界的旁观者

冷漠地见证一切

或许 你会被离去的悲痛剜出心脏

千疮百孔 痛不欲生


心脏苍老的神祇会轮回 以求寻回活力

然而当凡人历经这一切

就已经不再属于人的范畴了

或者说 成了众生眼中的精神病患者

他们往往有极为坚固的世界观


由于我们对世界都是盲人摸象的状况

也不能说谁对谁错

佛说世界是六道

上帝说世界是天堂与地狱的战场

科学说世界由无数的粒子堆积而成


那只半人半猫的生物 缓缓开口说话

当你的世界观还不够坚固时

最好不好尝试深思他们的世界

当然 当你有足够坚定的信念时

可以尝试去了解他们

如果你想要看到更广阔的世界的话

就不要抱有傲慢与偏见

请记住 疯子可不是傻子


暂停时间的能力有着代价

便是被时间暂停

人静止 时间在走 被动地去往更遥远的时间线

或者被流逝的时间 带走生命

它毫无表情地看着自己白色的皮毛

它曾经也是一个美丽的少女

逆转时间 救了自己心爱的人

代价是从他的时间线中消失 注定无法相见

而且 变成了如今半人半猫的可怕形容

这是时间的自我修复 也是等价交换


# 神明与蓝色的大鱼

远离人类文明的狼孩

习惯了蛮荒的丛林 被带回人类的世界

迎来的不是新生 而是死亡

被神明遗弃的凡人

回到神明的世界 会如何

这方大陆宽广足有万亿里

云雾缭绕 金莲遍地 宁静而祥和

无尽的虚空中 一道伟岸的身影

正托举着一方天地在行走着

他身后的路已然断裂

沾染着金色的血液

断裂的刀刃卡在破碎的古钟上

前路茫茫 充斥着莫名的嘶吼

他只是走着 时不时地咳血

六合八荒 似乎已经不存在了


他转动手中的星盘

占卜出星际之间可能存在着一个中心

每个星系的时间流速并不相同

不过有一个相似点

越是强盛的星系 时间的流速似乎越慢

大抵是因为法则稳固的原因


中央行星的时间流速

甚至比边际小星系的时间流速慢了万倍不止

也就是说 中央行星过去一年

边陲之地可能万年已逝

你是不是觉得越是偏远的小星系

好像越有优势

相比之下的中央行星 像一只蜗牛一样

在低速的时空慢慢爬行


然而你要知道 在法则不全的破碎之地

往往存在着很多的空间乱流

如果不幸遇到了乱流

最好的结果是被放逐到未知之地

假如到虚界 也就意味着凋亡

运气不好 或许只放逐你的部分躯体


因此 世界的更替较为频繁

另一方面 法则的完善程度决定了上限

不论这些小型星系发展多少年

也无法超越最亮的那颗行星


行星之上的十二只精灵

联手推算出一丝永恒的契机

它们挥动着触角认为

极有可能存在一个

时间流逝缓慢至绝对静止的中心

法则的坚固 将会在这达到前所未有的极致

越是靠近时间越是缓慢

却永世无法抵达

绝对静止的中心 那是一座古老破败的镇子

早已没有了人烟

两道戴着斗笠的身影负手而立

静静地注视着对方

一人双眼宛如白昼

一人双眼漆黑如墨

刹那间两人失去踪迹

站立之处的房屋轰然倒塌


一切化作灰土消失进无尽的星夜

似那年大雪纷飞在白色天幕下的约定

一壶浊酒祭奠了谁的情

纯白雪片飘落杯中 是什么在心头烧得滚烫

如狂风骤雨般的波纹荡过心底平静湖面

席卷大地 是谁在宏观世界中惊起涟漪

又一座古老的镇子永远地消逝于天地


在绝对静止的中心

你的神明已经抛弃了你

你该回到天阙 继续做众生的神明

继续将永生之酒酿造给世人

然而永生之酒由于某些原因存在一个副作用

每个世纪都会忘记一些事情

从某些方面来说

这个副作用恰恰使它变得完美


轮回了无数年 在那十万大山的深处

有着一座寺院 一位年轻的白衣僧人

席地而坐翻阅着佛经 露出一抹笑容

如冬日暖阳 恍惚间梵音袅袅

佛光似乎都炽热了起来

蓦然他合上了经书

看向前方

看向遥远的虚空

眉头微微一皱

起身 踱步到门前 缓缓推开大门

他立于门前 固执地眺望着遥远的星空


一步迈出 判若天渊

他的白衣化作血袍 头生白发 发及腰

他的双眼化作漆黑 尖锐的羊角从额头生出

温和不复存在 似乎有什么被骤然粉碎

梵音也化作厉鬼的嘶吼


那早已是下一个轮回 就如克莱因瓶

无休无止回环往复

破旧的现代建筑 大约是二十世纪七八十年代

场景依旧是灰暗的

此时的我却是一条鱼

长度大约在两米

张大的嘴上下可达一百五十度

总体和邓氏鱼有些相似

不同的是 我正在空中游荡


空中也飘浮着大约一米长的鱼

它们似乎没有意识

还有一部分鱼在最底层的水里

水很浅 它们有一部分躯体裸露于空气


水中的鱼会动 也会反抗

被空中的鱼咬住后 一会儿就死亡了

再次化作灵魂一样的东西 闪着透明的微光

空中的鱼有着剧毒的牙齿 像是蝎子的尾巴


我越过很高的建筑

大概百余米的落差 有一片悬崖

有大量的鱼飘浮着

它们似乎有意识 并且有头领

跟它比起来我显得有多么渺小

就如同它的一根尾鳍

忽然我被发现了 一群鱼向我涌来

我重伤之际 双鳍化作了蝶翼

在挣扎中得以逃离 似乎也放逐了时光


作为一条闲来无事的鱼

我看着星星想问题

这样的天地最后会诞生什么

星界史中多次提到过星空与虚空

两者有着本质的区别

实际上虚空不属于星界 也不属于任何一界


曾经在最温暖冷漠的海床里

有一条蓝色的大鱼告诉我

星界 虚界 蛮荒的原始世界

以及各种各样的小世界都处于同一平面

类似于一个个岛屿

而虚空则是海洋

越强的世界法则越稳固

而虚空 则是法则的虚无之地

没有丝毫的法则存在

哪怕是神明也无法长时间停留

所以这儿又被当作放逐之地

虚空是由于很久以前一条大鱼的掠夺而产生的

也唯有那些鱼才能在虚界中徜徉

它们有着金色与银色的鱼鳍

和我们完全不一样

不过后来 它们被锁链束缚锁入虚界

只能在特定的时间出现


这些鱼的身躯 汇聚成了一个类人生物

它跪在虚界中央 形如枯槁

八根锁链穿刺过肋骨 将它固定

它的手臂上绑着符纸

上面写满诡异扭曲的文字

字体正在缓慢啃噬着

它的双目没有一丝神采

好似已死去多时

空荡的空间 回荡起沉重的脚步声


那是红袍的祭司

带着两个黑袍的身影走了进来

其中一个黑袍人 手中提着个小小的孩子

它在看到那个孩子时

眼神终于有了波动

那个孩子是唯一还活着的鱼儿 化作了人形

另一个黑袍人却突然拿出利刃

狠狠刺入孩童的胸腔

一番搅动后 剜出了一颗仍在跳动着的心脏


目睹一切的它 无声地嘶吼着

喘息着 似恶鬼般狰狞

拼了命撕扯着 洞穿它身躯的锁链

银色的血液不断地滴落

凝结成星辰之间的泪痕

随着血液的流逝 它渐渐失去了力气

低垂着头颅失去生机 一切似乎又回归了平静

它的瞳孔却在不断收缩扩散

被交错重叠的神经线牵引

在最后一次收缩中缩至针尖大小

消失后 只剩惨白的空洞

血沿着眼角淌落 在无尽的炽热中蒸发


蓦然它抬起头颅发出极其刺耳的尖啸

在呼啸声中 锁链一寸一寸崩裂

它失去了束缚 成了戴着鬼脸面具的存在

背负着数杆不同色彩的大旗

它在时空隧道中游曳

历经山川河流 所到之处皆会插下一把旗

似乎是在以此 固定八方四界

也祭奠着沿途不断凋零的枫叶

它们的一生 也许只是为了归根

各小世界是岛屿 虚空是海洋 灵界是天空

那么地底便是深渊

因为千万年之前 有一只过于饥饿的饕餮

它消化了自身 只留下了深渊般的胃袋

如果你在中秋节 将雪原上的兔子送给它

说不定它会复原 因为它喜欢雪


它出生在极寒之地 葬送了无数的朝代

它的存在源于一股风暴

被称为绝对零度

元素活跃度极低 法则难以展现

风暴起源未知 所到之处万物凋零

并且冰封的范围仍在不断地扩大着


风暴的中心有一个单薄衣裳的消瘦女子

她一头深邃的蓝色长发

如同水晶般剔透 反射着耀眼的光芒

精致的面庞没有一丝血色

她取出挂在腰间的葫芦豪饮着

多余的酒滴沿着嘴角 化作冰晶掉落

过了好一会儿 脸上才浮现一抹红晕


这酒 似乎是外界流传着的神仙醉

哪怕是神明 喝了也得沉睡千年之久

可哪怕是神仙醉

也不过是她暖身子的饮料罢了

或许极寒之地的产生 就是她的手笔

而她是饕餮的化身


在她的周身 徘徊着无尽的虚空

虚空象征着掠夺 是绝对的掠夺

夺走存在的证明 深渊和灵界也是掠夺的对象

而深渊则意味着扭曲

虽然大部分扭曲的是各界的生灵

但不排除虚空生物也有被扭曲的可能


各界的生灵比起虚空 似乎更讨厌深渊

死于虚空之手的同伴被彻底遗忘

少了很多的伤痛

而被深渊扭曲的同伴

却有可能反过来对自己刀剑相向

这样好像会更残忍

就像被神明遗弃的凡人

回到神明的世界

谁能知晓他的结局


# 骑士与守夜人

一朵云飘荡在空中

飞机从它体内穿过 变成残骸被吐了出来

飘过一座山峰 被尖锐的山顶

划出长长的伤口 流出银灰色的血液

银灰色之间有着闪烁的残片

而后 在这些残片瞬间破碎之际 坠地 死亡

残片汇聚成星辰 再汇聚为一颗流星

我拿起它的时候 那束光亮了一下


在光的不远处 有很多原始的生物

它们头脑简单 四肢发达

像一种巨型的蜘蛛

这种空有力量没有智慧的存在

很诡异 似乎一种苦楚的张扬

那股狂暴的能量应该把它们炸得粉碎才对

究竟是什么在控制着力量

是本能吗

或许混乱的天性也算一种智慧

看来是我对智慧的定义狭隘了


还是类似"吾无需掌控万物 吾即是万物"

无需掌控 也是顺水逐波逐光而去的安然

满载着欢喜 如同奇境中的爱丽丝

穿着天蓝色的长裙 系着鹅黄色的飘带

在异世界中 发生了一场车祸

人燃烧爆炸 车流血抢救

她因为沾染了车流出的血 被医生宣告

只能再活三个小时


传说有些禁忌的存在

哪怕被杀死也不会就此消逝

只要世间还有一个人记得它的名讳

它便可从消逝的时空中归来

正如多年以后 这最后的三个小时被人们诉说


存在的事迹被缓慢掩盖

不留余地彻底抹去

不要责怪人们 这并非他们遗忘

他们没有办法反抗

随着无数记忆碎片的消亡

谁又能从断崖之上一跃而下

预言命运本就是"妄中之妄"

而且 预言命运往往不得善终


凡事讲究等价交换

得知未来自然也要付出代价

不过这并不是导致他们悲惨结局的主要因素

看破却无法改变的无力感

就像张大血口的深渊

一点一点吞噬而来

无论预言多少次也看不到希望的未来

这让她比所有人都崩溃得更彻底


她就像打着火把寻家的孩子

周遭尽皆是野兽 而火把终会熄灭

可是家在哪儿 她像个疯子

和她一样的那些孩子们 都像疯子一样

不要再嘲笑这些疯子了

他们和家人失散在战乱中

你们却在这浮世里享尽荣华富贵

他们看到了太多 已经承受不住了

她在这个宏大的梦中做了一个梦

她梦见了圣女的骑士 他是忠于圣女

还是忠于神明 抑或是忠于自己的信念

或许 她也可以是他唯一的神

信仰终焉的世界

停留着本该消散的失落者


那是一座陵园 寂静无声

只有盛开的彼岸花在缓缓地摇曳

一位身着战甲的骑士

跌跌撞撞走来 他跪倒在陵园门前

急促地呼喊着一个名字

一位黑袍的老者 蓦然显现于他面前

佝偻着身躯 手里提着一盏灯火


说吧

身着战甲的骑士伸出了自己的手

双手呈现暗淡的灰 并在腐朽着

空气中弥漫着一股死亡的气息

老者将手深入灯火

拨出一缕火焰 屈指一弹

火焰在骑士身上开始燃烧

骑士背后显现一个虚影

在火焰的燃烧中哀嚎着消散了

火焰也随之熄灭 未伤骑士分毫


他们终究还是回来了 老者自语着

他入陵园 看着一个个墓碑

很多都有着残缺 有的甚至只剩下一半了

他叹了口气 缓缓画出神秘的符文


墓碑开始闪烁

一道道虚影于墓碑之上逐渐凝实

有的墓碑在闪烁中破碎 虚影也随之消散


只有一半还能醒来吗

已经足够了

再用这副残躯换取最后的百年安宁

剩下的便交给后人罢


黑袍的守夜者眼眸逐渐暗淡

手中的灯火却越发耀眼

火光冲天而起 注入残魂之中

守夜者的身躯随风而散

空间中震荡着他最后的嘶吼

守夜者化作了另一种方式的存在

一种不是人类也不是动物

可以说不存在的存在

当你慢慢意识到有东西存在时

他才会慢慢显现

不能承认他的存在

否则将会导致思想开始破碎扭曲

# 终末之城最后的爱人

他就突然不舍得让她失去自由了

她曾在痛苦里滚了三遭

也曾被幸福欢笑簇拥

她抬头看去

莫名觉得她们像是从一个模子里刻出来的


她看见她们从她身边走过

余光瞥到一缕漆黑的发和绣花的裙摆

沉闷的香气铺天盖地袭来

她柔软的颈被丝绸般的发缠绕

像浓稠的在黑夜中缓缓流淌的溪水

像月光下被诗人泼出玉碟的笔墨

她们秀美的脸上涂着一层薄薄的胭脂

眼角晕出一片嫣红 巧笑倩兮而妩媚风流


那胭脂是用最轻巧明丽而锋利的刀

生生剜下人的皮肉和着血制成的 哀艳秾丽

她看着她们 她们笑着

可她分明听到一点

从她们脸上传来的哀嚎怨念

颈间的发越绕越紧 她开始喘不过气

会死吗 她垂着眼

眼底突然出现一只漂亮的手

指尖沾着一点朱红

顺着她的眼尾划下一道痕迹


她抓住了那只手 一切突然开始破碎

她看着她们 她们仍笑着 却碎得不成样子

我送你一场镜花水月 是谁的声音在轻语

一切不过是一场镜花水月

她试图伸手触碰

却被碎掉的花月所化成的刀片

割了个鲜血淋漓


那是她血色的爱恋与浪漫

她晃晃和爱人勾在一起的手

歪头低低道 那你要是失信了呢

我若是失信了

便剜出身体里最漂亮的一根肋骨 送给你


我要你的肋骨做什么

她睁大了故作懵懂的眼睛

那是男人们都倾心的不谙世事的样子

因为这种最好欺骗 给她一丝温柔

她便把你当成她的全部


男人继续说下去 你可以将我的肋骨拿去

命人打造成一块精美的笔砚

也可以让他们制成一支漂亮的笔杆

当然我最希望的还是

你将它磨成粉末 倒进你平日最喜爱的墨里

提笔沾墨 写我画我念我

哪怕日常赋诗作画

你脑子里也都会想着我


中秋阖家团圆日 同时是他父母的忌日

她半夜起来喝水 便看到他站在窗台上

宽大的衣服被风吹得鼓起

他半闭着眼 指尖夹着一点猩红的火光

半个身子快倾出窗外

身子单薄削瘦的少年似乎会被风刮走


一棵树如果孤零零地活在荒郊野岭

即使长大也多半会枯矮畸形

如果生长在森林里

则会拼命抢夺生机

最后就会变得参天耸立 郁郁葱葱

专家们把这种现象称为森林效应


她的声音清晰而温柔 像在哄一个孩子入睡

他听见 顿了一会儿 看着她的眼睛认真道

你就是我的森林效应

是什么交织融合密不可分

逐光而去顺着天渊与星河沉落

原来 我们是彼此的森林效应


少了当中的任何一个

我们都只会是那棵枯矮畸形的树

因为你的到来

才让我在这偌大而又空荡的人间

找到了向前走的动力

后人皆说 有少年骑马破夜而来

红衣蹁跹 一杆银枪挑起寒霜

指尖一点猩红火光 垂眼低笑间春光无边


后来 他的转世是享誉全球的钢琴家

他与钢琴之间仿佛有着奇妙的默契

再普通 再平凡的钢琴在他手下

也能吟唱出最动人的乐曲

人们期待着他取得更高的 超越性的成就

踏入艺术后神时代以来

就再没人见过的真正的艺术殿堂

然而不知道从什么时候开始

他再也不愿意触碰琴键了

那一天 他丢了一柄长剑


有人剑出鞘 为了得到一曲华章的赞歌

有人剑出鞘 为了心中一腔郁气

有人剑出鞘 是为那千里一点快然风

他的剑是无名剑

剑身剑鞘一体 化为山川草木

以情斩情 以怨斩怨

而她的剑是碎月剑 无鞘而极锋利

消磨心血珠玉金粉 一出便必定饮血杀人

原来 永生就是殉情在恋人面前

他死去的灵魂融入黑夜里

化为爱人身后影子

而对方将会一辈子逃不出他留下的阴影

这又何尝不是另一种意义上的长久


钢琴家的眼睛是杂种的深绿色

像郊外的野兽 不知道生父是谁

不知道该怨恨谁给了自己这副畸形的身体

他是个怪物

无法从任何一个集体中得到认同

只能依靠阶级和权力寻求归宿感


在最后逐渐消湮的时空中 这对可怜的爱人

他们奔向苍蓝的海

四周静谧得如同唯独两人的乐园

那是末世之中的伊甸园 谁会摘下那一颗苹果

海水漫过脚踝

漫过宽大衣袖下锁着彼此的手铐

最终两人依偎着沉入水中

仿佛又回到了曾孕育他们的子宫

降生自同一个母亲的腹中

然后归向同一个地方

那是云巅之上 时间凝固的终末之城

# 深海之中的艺术家

一颗庞大的行星于深海中浮现

激起千层波澜 似海啸一般

浮现的身影 千米之巨 遮天蔽日

它有着扭曲不堪的躯壳

仅仅望着就感受到

灵魂都快要撕裂的疯狂与恐惧

它的星环发出嘶吼 声音似鲸 极致的孤独


在一片空白之中 SAN 值掉落 再掉落

艺术家的眼中在刹那间

浮现着 迷惘与依恋 不舍与痛苦

以及喷薄而出的疯狂

哭与笑交替中 两行清泪滑落

似世界之初最纯净星辰


尽管只有片刻 结局却已注定

心脏位置出现了一个前后通明的窟窿

他却笑着 莫名有几分释然

下意识地摸向怀中 是空空如也


尖刺从手掌脚心穿入

钻入骨骼 贯穿整个肢体

无数的尖刺穿破骨骼 贯穿血肉


整片海域陷入压抑的寂静 万物凝固

所有的一切都化作灰烬 飘散 沉没

包括他 他要回到属于他的地方了

那里有着世界之初湖蓝色的光


不知过了多久 一位老妪睁开了微眯着的双眼

从躺椅上缓缓起身 她拄着拐杖

来到一个柜子面前 取出了上层的一个娃娃

娃娃有着蔚蓝的眼睛 像是无尽深海底的星辰

她把娃娃放在篮子里 便出门了


来到花园 园丁变出一朵蓝色的小花

轻轻放在娃娃的身旁


那是看不到尽头的彼岸花海

一个小巧的娃娃躺在其中

耳边别着蓝色的花朵

细看发觉 似乎和艺术家有几分相似


艺术家依旧执着 天蓝色的海洋

当他凝视海底的深渊时

深渊冲他吐了吐舌头

他便知道 这次他在劫难逃


# 穿欧式礼服裙的女孩

蜘蛛沿着石柱向上飞快地爬着

直至穿过云层 接近坚硬的土地

似乎触碰到了什么

一道光华闪过 便失去了踪影

他的世界陷入了黑暗

被潮湿冰冷的土壤包裹着

于是他开始不知疲倦地挖掘

时间流逝 不知过了多久

伴随着一声嘶鸣他破土而出


不知道是自愿

还是因为有什么压制着

蜘蛛竟在慢慢缩小

体态也发生了些许的变化

似乎更接近人形了


到了这一层终于有了人类的痕迹

他们有的藏身于数十米高的围墙之中

企图获取安全感

不过这对鲸鱼或许是没用的

有的则深埋入了地底

像地沟里的老鼠

卑微地苟且着


他们曾经无比接近心中的荒原

却始终无法触及 无法成声

荒芜的原野上 有着一个渺小的身影

他双手抱在脑后

高抬着腿 大踏步走着 扬起漫天尘埃

走着走着 不时将地上的骸骨当球踢起


漫步到一座残破的古城

残垣断壁中

有着一座坍塌的教堂

零散的几只告死鸦

站在巨大的十字架上 嘶哑地鸣唱着


脸上的欢快消失不见

他望着这座城 沉默了

踏着淹没脚踝的尘土走近轻抚着城墙

眼里流露出一抹怀念

真的好像曾经记忆之中

那个七重纱幕后的红衣少女

最后满眼绝望地血溅三尺 染红了城墙

开出绚丽而诡异的猩红花朵


忽而 他哼唱起了一首歌谣

拍拍手 踮脚 微微旋转起身体

像一只优雅的白天鹅


他在舞蹈中歌唱着 歌声悠扬婉转 空灵而孤独

时而像百灵鸟般的轻快优雅

时而像凯尔特传说中的荆棘鸟

泣血而啼 呕出了一颗血淋淋的心


夕阳笼罩下的残城与他

在这绝美中

仿佛定格成一幅永恒的画卷

在夕阳的尽头 暮光中有一个海市蜃楼般国度

那里的天空 是无数绚烂的烟花

随着人们的心意变幻 一切的始源便是终结


夕阳化进灰色的雾霭 残破的余晖

在空灵和缥缈中消逝了

灰雾中 一只庞大的鲸鱼在缓缓前行

细看发觉 一个人影懒散地坐在它的背上


没有丝毫的预兆

鲸鱼突然炸裂成无数块的血肉 坠落

一串银铃般的笑声在空中回荡

从天空坠落的身影 于空中灵巧地转身

轻飘飘地落地 然后仔细掸去身上灰尘


那只大鱼的手感真的好棒

清脆的声音传来

穿着红黑色欧式礼服裙的女孩从雾中走出

看着落地的他 伸出了右手


你可知有的文章 华丽的辞藻

声嘶力竭的爱恋 却无法有一丝感动

反而像自顾自怜的无病呻吟

有的明明那么地平淡

简单到一个简简单单的 回头见

却能让人痛哭流涕 而她就是第二种


女孩看着身后的哥特式建筑 她缓缓开口

诗人空有十分情

俗人能解几分意

还是当只野兽自在

神明的事就由神明操心去吧


我是一只被囚禁在这座城堡里的野兽

三天之后大水袭城之时就是我的死期

唯一能救我的方式就是

在三天之后大水袭城时

一定程度上扰动命运线 改动因果


在某一重空间之中的指定地点

编改出存在的证明 由此达到传送的目的

当存在定于过去

就可以时间旅行


时空隧道中 盛开着无数的彼岸花

有的花以鲜血为食 才把自己修炼成这般殷红

还有的花 竟然以星核为养料

也一如星空般美丽绚烂

终末之城的众人平日里都极其地平凡

与凡人无疑 这正是终末之城的特性


比方说时空猎人 在他所在的世界中

碍于世界法则的束缚

手中的枪只能命中 百里与百年之内的目标

而当他去往较低级的世界

甚至可以射杀所谓的神祇


终末之城的居民并非神祇

神祇的本体都被束缚于 他们所诞生的母界

无法离开 一遍一遍在永生中

轮回着不灭的结局


他开始了扰动命运线的过程

两极之间正如他的左右手

皆是他本真自然的面目

两极达成平衡 便不会束缚压制对方

命运线被粉碎 在无尽的空白海渊中

只留下半球状的星环

依旧有着海市蜃楼般的光景

少年的遐思

# 黑猫白猫

他携着时间而行 渐渐被银河吞噬

他是守护者 最早出现于一个边隅小国

坍塌的山脉 陨落的流星 咆哮的兽潮

他以一己之力 挡住几乎所有的灾厄

站我身后 是他唯一的口头禅


可是呢 人们不仅理所当然地接受着保护

还将他力所不及时 灾厄的破坏 归咎于他


无数次的失望过后 心灰意冷的他

带着陪伴他漫长岁月的盾牌 去寻找

值得守护的地方

不知名的森林 一簇灌木中

传来窸窸窣窣的声响

一只约莫一米长的麒麟在拱着土壤

似乎在寻觅什么

它毛色偏向深褐

隐约能够看到些许金色的纹路在身躯上交织

过了好一会儿

它找到了一朵散发奇异香气的蘑菇

三两下便吞吃入腹 然后继续翻找

突然 伴随着一阵划过空气的风啸声

一只巨大的兽爪猛然拍在它的头上

颅骨炸裂 鲜血直流

庞大的黑虎从暗中探出身子

含住这只特殊的麒麟

迈着小碎步往一个方向跑去 步伐甚是轻快


一个木屋门前 黑虎放下麒麟

身躯快速缩小 变成了一只小巧的黑猫

这个时代真的还没灭绝

小黑猫扯着嗓子激动地喊着


门开了 金发少年站在门前

正用围裙擦拭着双手

少年单手提起麒麟 带到溪水边

洗去尘土和血迹

屈指一弹 一丝金色的火焰飞跃到了麒麟身上

毛发瞬间燃烧殆尽 却丝毫没有损伤到皮肉

这时 黑猫用尾巴卷着几块漆黑的木块跑来

少年取出怀中的硬币 翻手变为一把小刀


待木块完全燃烧时火焰熄灭

暗红的木块似星光里的精灵一般

璀璨地闪烁着


那些璀璨的精灵 实际上是没有性别的

时而是少年时而又是少女

由于硬币的选择

有时还会变成其他形态的生物


影猫尼卡也是一样 之所以被称为影猫

不仅仅是因为它的毛发漆黑

更是因为它诞生于阴影位面之初

甚至没有形态

现在猫的外表 是它自己最喜欢的


是谁以单薄字句亵渎了神明

乌云缓慢旋转着 一圈又一圈 似漩涡般

忽然 天空猛然一沉

一个巨大的洞向着天外坍塌

深邃的洞中 庞大而畸形的手伸出

抓住周遭 嘶哑的声音在天地间回荡


一个小孩站在城中望着他

坚毅的脸庞没有丝毫胆怯

已经不能再有人死去了

所以他准备出城 换取安宁


一只宽大而粗糙的大手拦住了他

胡子拉碴的中年男子一身烟味

左手握着一柄铁锤

小鬼 记得在我墓旁多种点烟叶 我很喜欢

男子淡淡道

右手蛮横地在孩子头上抚摸一番 乱糟糟的


无所畏惧的怒吼在城中震荡

舞者与画师 沸腾的呐喊此起彼伏

生无所望 死亦不得安宁

那是曾经和现在之间 唯一的希望

还有什么可退避的呢


子夜之时的山顶突然 开始剧烈地摇晃

不仅是这一座山

周遭无数的山脉都在开裂 破碎 坍塌

绵延数千米 深不见底的鸿沟

房车被光芒笼罩 悬浮于半空

并未被巨石埋葬

尼卡跃入黑暗 进入阴影位面

踏着山脉 身躯急剧膨胀 瞬息达到千米之巨

咆哮着的巨虎 狠狠地拍击地面


一个巨大的洞出现

洞的附近不断渗出鲜血

似喷泉一般 将地面染上妖异的鲜红

它的爪子探入其中

捏住一条百米长的机械蜈蚣 撕裂成碎片


做完一切后 尼卡重新变成小黑猫

它面前浮现无数的丝线 构成一张网

它轻轻拨弄着 梳理着 编织着

是极其暧昧而模糊的光景

裂痕消失 山脉复原

好似什么都没发生一样


黑猫尼卡的转世 是酒馆的调酒师

至少明面上是这样

暗地里的身份很多人都能猜到

确实是暗杀者

挣点外快 顺便寻找自身存在的意义

不过他的暗杀方式可不是靠枪支炮火

而是一柄漆黑的长刀

像上一世他的毛色那样沉黑如墨


这把刀极为特殊 无法反射哪怕一丝光芒

它放在那 仿佛就有将一切吞噬殆尽的魔力

他拿着它 于枪林弹雨中斩破出一条道路

而后直通王座


锋芒太盛的代价是

遭到十二个精灵的联手狙击

很难想象 十三个人的战争

持续了十天十夜 横跨了大半个星系

毁灭了七个行星的星核

后来 十二精灵有一半永远消逝

剩下的一半对这场战争只字不提 列入禁忌

而他 也再没有出现在世人眼中


转生的精灵隐居在十万大山的深处

一座平凡的山峰 蜿蜒的小道

一圈一圈缠绕着通往平坦的山顶

一名身着古朴衣袍的青年正背着竹篓

在小道上走着


不久他抵达了山顶

从竹篓里取出一株株小草

挥动起锄头 将它们好好栽种

他的外表虽然十分年轻

却不会让人感到丝毫的浮躁和不稳重

反而有种洗尽铅华后浓厚的沉淀感

就像一杯珍藏了无尽岁月的美酒


凛冬飘雪之际 他时常屹立不动

持续七天七夜 似乎在感受什么

屋子里有一只巨大的白猫

他修道结束之后会扑倒在它怀中

转眼就八百年了 时光易逝啊 他自语着


他身边的那只白猫名为希洛

它特别喜欢尘世的凡物

别看它身躯庞大

在房屋上跳跃时可不会发出一点动静

无数人想要捕获它 或是当作宠物

或是剥去皮毛 或是作为炼金的材料

无人成功 它总是先知先觉地避开了一切

似乎有着趋吉避凶的能力

只有一次 它被巫女扰乱了天机

从而陷入了阵法的困锁

却依然无忧 毕竟 它遇到了偶然出山的他

真不愧是趋吉避凶的希洛

这名为希洛的白猫 生于时间的尽头

死于万物的起点

它有着四指 它知道

在人人都只有四指的世界里 五指就是畸形


它是雷电的化身 除了大伏特的电击毁灭外

也可以让自身化作电流

通过导线传播渗透到内部

偷取资料或者执行刺杀 这样细微的运用

不同于纯粹力量的较量 似乎更有趣些


黑猫尼卡和白猫希洛在屋檐上看月亮

月光映照出它们巨大的剪影

今晚的月亮真美 只是有些太白了

月亮浮现裂纹 上下分离

猩红的瞳孔如同猫眼 注视着世人

# 野兽与神明

我坠入了我深爱的大海

我依稀能看到海洋上飞舞的鸟

能触碰到身旁游动的鱼

能感受到阳光透过海洋的照耀

此时的海洋温暖地将我包裹

似乎是星际之间最后的暖意


我继续下沉

阳光一点点地消散

我开始感到些许寒冷与不安

逐渐地什么也看不见了

我胡乱挥舞着身躯

希望能够握住什么

什么也没有 只有无尽的黑暗


这是我深爱的大海吗

当我沉溺其中 越陷越深

感受到了从未有过的冰冷

假若开始我便知 海洋深处是这般景象

不知我还会不会深爱它

我只看到了它的表面 却声称深爱它

想来确实可笑

思绪凝固 我失去了思考的能力


不断不断地下沉 我已无路可退

不过我好像 又看到了光芒

那是十二生肖 只有龙未出现过

先人真的会把一种不存在的生物编入生肖吗

还是说龙本身即是一种精神图腾 是一种信仰

这样说来 物质世界确实无法寻到它的踪迹


我曾经无比地惧怕它们

直到有一天我混入其中

疯疯癫癫 比鬼怪更狰狞

比邪魅更愉悦

我才发现

比起恐惧 我更喜欢 成为恐惧


如此我才明白

究竟何为恐惧

我找到那个呢喃的声音了

原来是个怪物

我把怪物关进大脑深处

看着它挣扎嘶吼 不为所动

为什么我渐渐开始笑了

笑得越发狰狞恐怖


总感觉 或许我才是那个怪物

我时常和脑子里的声音对话

但实际上

我才是它脑中的声音

就像庄周一梦之中的蝴蝶


据说鲛人的眼泪会化作珍珠

可是谁能想到

这美丽的珍珠 却是致命的毒药

毒死了鲛人 毒死了天下人


世人为鲛人的死亡而感到悲伤

或许 极致的悲伤并不是歇斯底里地大哭大闹

只是默不作声 也不哭也不闹

轻轻一碰 却化作了飞灰

只要你还有力气去哭泣

说明 你还没到最后


在最悲伤之时 是缝隙中的神祇

将你温柔地托起 带着蔚蓝色的光

神祇的力量来源于法则

同时有义务去守护法则

他们无法离开自己的世界

最多只能降下化身

所以 我们又把他们称为世界之盾


还有另一类存在

他们的力量尽皆来自己身

不受世界束缚

但是他们的诞生极为困难

漫长的岁月中也未出现几位

相对于神祇来说显得无比稀少

他们被称作古老者

古老者又被称作"世界之矛"

不受世界束缚

并不意味着他们不会保护世界


他们作为超出规格的存在

到任何一个世界都会受极大的压制

唯有自身的母界不会


母界既是他们成长的地方

也是他们的子孙繁衍之地

保护是理所应当的

然而当他们的面具戴久了

再想撕下 势必会带走大片的血肉


那是模糊的面庞 再也不复从前

谁在时光中祝愿你活得真实坦荡

就算无人知晓 你真实的样貌

可是唯独你不可以忘记

离开身躯的组织 细胞 都无法单独存活


我们也一样 无法离开人群独自生存

所以 我们会不会也是

某位存在的一部分组成呢

或许你会和我说

总有人能独自生存

不依赖任何人


可是离群索居者 不是野兽便是神明

而我们人类

终归是介于两者之间的存在

不似野兽 也成不了神明


# 星兽与迷雾

我看到了一片枫叶

我知道它终会飘落入土

这是它既定的轨迹

也是我对它命运的预言

它被看透了本质

于是结局才有迹可循

大多数的预言都是如此


但是它的过程仍然充满着不确定性

可能被鸟衔走做窝

若干年后仍旧是腐烂掉落

抑或是被风吹起

但除非它一生都有风相助

不然既定的结局还是会到来


有没有办法改变呢

当然有 变成一个果实就好了

这样结局就多了几种可能

至少可以被吃掉

或许也可能成长为大树


树叶和果实只是一小部分的比喻

有人生似浮萍漂泊不定

也有人坚若磐石不可动摇

所以 对于不同的存在

预言的难度不同

部分存在多变的命运

完全取决于他们自身的想法


那是命运的齿轮 你不能继续靠近了

纵然它如火焰一般温暖炽热

像光一样予你希望

但继续靠近 终究还是会被灼伤

就像飞蛾扑火一样

但我无法控制

我克制不住自己对那份温柔的向往

我愿意为之屈服


你若执意靠近 只有一种方法

你要成为凤凰 成为骄傲的凤凰

你要知道 这世上唯有凤凰

才能拥抱火焰 才能与之并肩而立


我是一片枫叶 是一名舞蹈者 我热爱着舞蹈

我不会说舞蹈是我的生命

因为舞蹈就是我 我就是舞蹈

我骄傲地舞蹈着

在舞蹈中诠释着我存在的意义


但是 或许是天妒英才

我出了车祸 庆幸的是我没有死

也没有瘫痪 但我的身躯不再灵活了

医生告诉我

如果我再继续这样舞蹈的话

我将再也站不起来

我的身躯 已经不能再支撑我继续舞动下去

这对我是致命的打击


我不信 因为我相信奇迹

我的意志 足够支撑我继续走下去

我继续日复一日地舞蹈

时间流逝 虽然不想承认

但是我的身躯已经在哀鸣了

我想 我或许已经支撑不住了

终于在一次舞蹈中

我突然失去了对身躯的控制 跪在了地上

我双手撑地 努力让自己重新站起来

但是 我好像已经感受不到腿的存在了

终究 只能到此为止了

我没有流泪

早在开始 我就已经接受了这个可能

我静静地跪在地上

面前是一面巨大的镜子

我平时就是对着这面镜子练习

我看着镜子中狼狈的自己

真希望 这一切都只是一场梦

这时 镜子里的我 突然对我笑了笑

然后站了起来 我惊愕地望着她

真的是梦吗

她看来并不打算解答我的困惑

自顾自地开始了舞蹈

我看着舞蹈着的她 想起了曾经骄傲的自己

那是自渡的悲喜 他人终究是难以彻悟

我沉浸于她的舞蹈 如痴如醉

这是我梦想的巅峰之舞

可是我却没法将她带出梦境

我抚摸着镜子 泪水终于止不住流淌


舞蹈落下了帷幕 她停下了

静静地看着我 缓缓向我走来

来到镜子边缘 她伸出了手 与我合并


你想怎么做 她问我

我只想继续我的梦想

这可不仅仅是你的梦想 也是我们的

所以现在的一切 都交给我们吧


说完 她一步跨出 紧紧拥抱住我

然后化作光芒融入了我的身躯

就像纯白微光中 雪片般的精灵


我重新感受到了身躯的存在

我站了起来 感受着恢复灵活的身躯

回忆起了那份热爱

并将之深深烙印进骨髓

那么接下来 是时候继续我们的梦想了

有时候我会觉得

过于发达的科技从某种程度上

限制了我的想象

如果我出生在古代

我会对这个世界充满好奇


这个世界到底有多大呢

一定是无边无际的

连绵不绝的大陆 会不会有浮空岛

蓬莱仙境隐匿于其中

但是科学却告诉我 地球是圆的

并不是一块块平面的大陆

没有我想象般庞大

而且也没有仙境之间的浮空岛


我在想 月球的背面

会不会居住着一个神秘的种族

但科学又告诉我

月球的背面其实什么都没有

只有一个个坑坑洼洼的洞

又一个幻想被终结了

科学终结了我的浪漫

把现实摆到了我的面前

不过同样打开了另一种浪漫的大门


在我年幼时

时常听到水手们讲诉在大海中的奇遇

迷雾中的海妖 黑夜中的幽灵船

海底的遗迹与宝藏

这些神秘让我向往不已

那时我觉得 去拥有无限可能的大海冒险

才是真正的浪漫


后来我当上了船长

发现这些大多都只是传说

是水手们编造出来的

不过就算是真的 也不是一般人能遇到的


开始的海上航行确实很让我兴奋

越出水面歌唱的海豚 漂浮喷水的鲸鱼

还有船员们钓上来的奇形怪状的海鱼

无不让我感到好奇


随着时间的流逝

我开始对一切都习以为常

不再像小孩子一样

拥有对一切都抱有期待的兴奋感

哪怕是山珍海味 天天吃也会腻

我感到了孤寂 无论怎样都望不到边的大海

让我感觉自己变成了孤岛


孤独感 对大海上航行的人们来说

才是最大的难题

学会怎么苦中作乐便显得尤为重要


孤独折断了我的前路 击碎了我的归途

失去了未来 也没有了归宿

我被封存在这段静止的时空

如同琥珀中的虫子 供人观赏

我在暗无天日的岁月中

挣扎轮回 无济于事


我祈祷 请打烂他的神座 践踏他的傲慢

务必将他放逐 他不该出现的

不该是这样的

《道德经》中的"无为而无不为"

让我想到了这样的存在

他是瞎子 却能看到千里外的事物

甚至能望见未来与过往

他是瘸子 却能上至九天下至黄泉

他是聋子 却能听到天边的呢喃

以及人们内心的低语

他是哑巴 却能唱出令人迷失的歌谣

能吐出令人疯狂的真理


他什么都没有 却什么都能办到

他是一名被遗忘的人

不仅被世界遗忘

连时间都将他抛弃

他确实实现了永生 永生的孤独


他想过自我了结 可是他不甘心

他不知道是什么将他变成了如今这样

他要报复 将这无尽的孤独

全数返还给诅咒他的存在


他被虚兽吞噬过 却没有死去

他开着自己的艾比娜卡号

去往星云之际的光芒

他看见大多数的星辰

往往只有一些很普通的矿石

连居民都没有 这片地带便是其他位面的人

最喜欢的实验场

他们可以在这里任意释放自己新研究的科学

看着破碎的星辰 能给他们极大的满足感


开阔地带确实很适合这些人发泄

不过有时也会遇到恐怖

那是沉睡的星兽

被打扰到的星兽

会将这些愣头青和星辰一起吸入腹中


大多数人都死于它腹中

不过有极少数幸运儿不仅被排泄出来了

还在星兽肚子的空间里

捡到了极其珍贵的矿石

星兽只会吸收星辰中心的那块星核

其他杂乱的石块都会被排泄出去


它本身十分单纯 只是吞噬星辰

顺便把上面的居民一起吞噬

这倒不是嗜杀

它确实没有在意和思考过这些问题

所以孤独的生命星球

对星兽没有丝毫的反抗能力

唯有加入强大的星系才能获得保护

这些星系会组织舰队对星兽进行驱逐

大部分的星兽迫于那些蝼蚁般的骚扰

都会选择离开 前往无人的区域

那少部分的星兽 就只能听天由命了


# 神明的奶油蛋糕

所以说世间万物的回音

皆似遥远天际之间 浅蓝色的马卡龙小星球

以及云霓缭绕之间 有些微凉的草莓奶油蛋糕

是什么送我月色却无从勾勒

在天际之间埋下动人心魄的伏笔

它随着时光被牵引 留下不断变幻的折线


钟轮虫写下关于再生的猜想

钟虫认为 实际上并不是长出新的血肉

而是把失去的那部分重新牵引回来

或者将自己牵引过去

轮虫认为 它就是凭空产生新血肉

那么无限制再生的那份能量 来自哪里

那是自己的灵魂 被放逐在无尽星系

是神明与撒旦交易

在一次次的重生中失去自我

这是否算得上公平


他吞噬了星球 将自己湮灭在无尽的灵海

可以说一切都不存在

当你慢慢意识到有东西存在时

他才会慢慢显现

不敢承认他的存在


直到我回到家里

镜子倒映着一个四分五裂的人

我笑着摸了摸镜子 却发现他是光滑的

我来到湖边 看着水中的倒影

他面色逐渐苍白 吐出一串串绝望挣扎的气泡

溺死在水中 成为暖色的琥珀

他的大脑会在极度悲伤的时候

启动保护机制 让人陷入昏迷

有的梦 也会在这种情况下醒来

他不知道 他现在是醒着还是昏迷

他很擅长假死

他常在保护众人途中死去

每次死时都悲情且壮烈

当众人为他流泪时又再次出现

直到有一次 他死时毫无波澜

仿佛去赴宴一般的优雅 无人为他哭泣

而他 从此再没有出现

其实 他从来都不会假死


神祇 没有过去身也没有未来身

那些沿着时间长河 去弑杀幼年神祇的传说

大多是他们自己放出 用以戏耍众生的玩具

已经脱离了时间的长河

从鱼变成了渔夫和旁观者

将鱼从上游丢到下游 或者反之


你想让他将你从河中取出

离了水的鱼注定破败凋零

所以这就是那些镜子的由来么


那是漆黑的原野 杂乱的野草

我俯下身 倾听着土里的心跳

聆听着败落无能 不甘地恸哭

真是可惜 真是辉煌

世人皆以为他酒后疯癫

实际上 酒后的他比任何时候都要清醒

他是这世界唯一疯癫的 也是唯一正常的

他是这个世界的哥白尼

不同的是 他掌握的太多了

假若说出 统治动摇秩序破碎

以往的一切都将被颠覆重造

后果是什么 被全世界的统治者追杀


于是我不得不承认

发现真理的先知总会被当作疯子

为了迎合一群疯子

不得不伪装自己 装疯卖傻

不过你看 他的眼睛永远是明亮的

这就够了 至于他的思想 需不需被世人理解

这对他来说 好像也并不是那么重要


每当他悲伤失落时

就会坠入一个无人知晓的世界

那里空荡寂静

当他重拾起希望时 会再度回到原本的世界

如果他迷失了 就永远留在这儿
没有人能寻到他 没有人能予他救赎
这里是祝福的圣地 也是诅咒的深渊


在圣地之上是一片纯洁的雪原
深渊之下是一团巨大的星云
寺庙里的佛像 本是用普通的树木雕刻而来
但是 他在接受了众生的膜拜后便具有佛性
远古的神明遥望着他 一同分享着
一个做工精致的草莓奶油蛋糕
众生集合的信念
或许能够将一些本来不存在的存在具象化
比方说神 这一类神与其说是神
倒不如说是众生给予自我的救赎
由他们自己创造的神
因为神明便是众生 众生皆是神明


# 爱丽丝之女

美丽的爱丽丝牵着她黑色的高马
暗红的毡靴踢起地面的尘土
手中的鞭因为过于用力地鞭打

早已经破碎不堪

随着她的动作在地上拖出一条暗色的河


爱丽丝顺着这血与土

皮肉和绝望的河流一路走去

像是掌管刑罚的恶神

想要饮用甘美的泉水


可事事究竟轮回

沉溺享乐的邪女得其报应

清凉的泉水入口变为灼烧的血

她在这鞭子拖出的河流尽头

看到了她唯一的弱点和错误


阿玛斯兰

在断续地被涂抹修改的叙述中

慕刻依拜尔拼凑出自己父亲的姓名

爱丽丝爱上了一个低劣卑贱的奴隶

或许当爱丽丝用自己的手

拨开那男子云雾一般的黑发

看到那双黄金般的眼睛时

心脏才真正因为温柔的喜悦而跳动了一瞬间

她的红裙终究是落于尘泥

从此剖开了自己的胸膛

挖出滚烫淋漓心脏

这恶女是如此狂热蛮横

以一种兽般的本能欲求

用力爱着她单方面的心上人


而阿玛斯兰只是以沉默

和冷淡的拒绝所应对

爱丽丝曾猜测以他的谈吐和远见

阿玛斯兰或许是发生了什么变故

从一个体面的人沦为他人的仆从


但爱丽丝不在乎

她把阿玛斯兰看作

自己在战场上会取得的战利品

一件想要的 漂亮到足以用来炫耀的物件

她看不起他是奴隶

却又疯狂地爱着他 想要炫耀他


爱丽丝自愿吞下毒果

故而她也因这致命的创伤而死

她被发现怀有身孕

而孩子的生父则是她喜爱的奴隶

这孩子的出生就已经不受祝福

爱丽丝的张狂娇纵所酿的鸩酒

报应在她自己的身上


阿玛斯兰在山巅讲述着这一段过往

她就在那 在那穿梭的风中

在那玫瑰和泥土之间 像是死去的永恒

然而在爱丽丝死去的第三个夜晚

有一只乌黑的大鸟张开了翅膀


那羽翼遮天蔽日

翱翔过惨白的苍穹

它要带着口中衔着的玫瑰

直直从死亡的领域破土而出


飞跃金黄的沙漠

穿越葱郁染翠的森林

这玫瑰的来源

是冥土主人从地面上收割的殉情灵魂

将他们的眼泪收集

他们的眼泪血红

在花瓣里埋藏着艳种

玫瑰被转送给他最为宠溺的小女儿 亲手种下

那是他与爱丽丝的被诅咒的孩子

在她足月之时 她的母亲吞下毒果而死

她却侥幸得以存活下来


她常在这芬芳的花朵旁刺绣

绣出雪白蓬勃的海浪

扎破手指所流的血

染红了鲜花

她用这染血的花瓣酿酒


她歌唱着风中的 地狱中的所谓爱情

天真的神女旋转着翩翩起舞

她的歌舞又随着风

传播到冥土的每个角落

送给那因孤独刺痛的爱情而死去的灵魂

使他们得到长久的沉睡和慰藉


她在火红的玫瑰旁踮起脚尖

属于死者和虚浮灵魂的苍白皮骨 在裙裾下露出

在花朵的映衬下 显得是那么虚弱和无力

神女因此羞涩而自惭地遮盖了自己的皮肤

她说 玫瑰啊

你是那么美丽而夺目 灿烂而明亮

我要怎么才能同你一般模样

得到日与月的恩泽

叫我这冥土的女儿 从生来漂泊的船上

走入轻盈的归宿 得到永久的爱


玫瑰轻轻摇动

它因为听到女神对明亮的向往而欢欣

又因为它无望的爱心碎

它回答这日夜陪伴它的神女

我的女神 我的主人

折下生长着我心脏的枝叶

叫那荆棘扎过你的手

浸染你指尖的血

轻轻吹一口气

让那尘埃般的叹息浸泡我的花苞

这样我就沾染了您的喜怒哀乐

成为您身体的 灵魂的一部分


让您最为忠诚的喉舌带我去往地面

这样你就能透过我腐烂凋敝的身体 看到世界

黑色的鸟掠过倾颓的神殿

神女为之停留

它被盛在云间一只苍白柔弱的手里

让好奇的神女观察驻足

殿内残存的神柱与祭台突兀瘦削

像是要扎破柔软的云雾


枯萎的葡萄藤化作了胆大包天的赤蛇

钻进森林里无影无踪

倒塌的神殿 曾在死前布下最后一点恩泽

从美人般的柱下流淌出一道水波

银亮如月 璀璨似星


在鸦黑的鸟掠经之时

那水镜曾短暂地映出一道倒影

明晰而清楚地倒映出透过玫瑰观察世界的

神女黄金一样的眼

仿若她就站在阳光下似的


因此 她的心欢沁而尖锐地刺痛了一下

这根无形的刺扎进她的心头

从此再也抹不去

神女用温和绵柔的声音轻轻呼唤

把我的玫瑰放入这美丽的河水之中

世上怎会有与日月同布神恩的水泽

它比任何一条河流都要浅 但更温柔

比天使们曾送我的任何一湾梦中的水波

都要沉郁 却更让我心醉得以安眠


# 桃夭

母亲为自己的小公主取名桃夭

她是如同幼鹿飞鸟般活泼 气质天真纯净的小姑娘

活泼可爱 如同云雀一样不怕生又骄傲

懂事听话 在母亲温热的怀里看遍了关山丰茂的水草

粼粼的盐湖

却敢伸手拽一拽母亲的发辫朝她道

母亲 我想看书中绘下的南国桃花


她长到能记事的年纪

才第一次看到了自己的生父

桃夭牵着母亲的手

拽着母亲云鸟一般的蓝裙子

走进如同黑色的牡丹般层叠起伏的深宫

玫瑰般美丽稚嫩的脸上

不曾表露惊慌害怕

却只有幼嫩的好奇和温柔的笑意


桃夭不曾换下她深蓝色的华丽裙服
如同羊毛一样柔软的乌黑头发里戴着珍珠
红色羊皮的小靴子哒哒作响


母亲给她指认自己的父亲
桃夭便瞪大了眼去看那年轻的公子
猛然一扑 如同初生的狼训练捕猎
可她肩上衣裙装饰的白绒
却让桃夭柔软得像小羊羔


桃夭亲昵地埋在她第一次见面的
陌生的生父肩膀上
金黄的眼睛闪亮
她喜欢这漂亮的生父
公子的眼睛 让桃夭想起她早已在书上读过的
所谓"南国桃花"


于是 她央求母亲带她去看南国桃花
终于到了那个地方
她说 父亲 我已经能拉开母亲送我的香橼
抱起镶嵌玛瑙的刀

我想要折一枝南国桃花送给您


她不知那所谓的生父其实是一个叛徒

她不知 五年后生父领着襄国十万大军

来攻打她和母亲的家乡

她不知 生父与母亲生下她

只是一场为了让她所在的关山卸下防备的骗局

真相过于残忍 少女不必知道

她只知 母亲从那时起便恨透了父亲

以至于又与宫中的伶人欢爱

报复般地生下了她的幼妹


十年后 与殷国结盟的关山国王女在颠沛之中

请求殷国援助

她来到殷国的都城

异域的王女在殷皇帝的面前俯首

年轻的太子领兵 随王女去救援她的国家

他不是殷皇帝的亲生儿子

殷皇帝有隐疾 始终无法育有一子

这个孩子 是老太监在城北的城墙根底下捡到的

他当时看见了本来想要将这个孩子丢弃的黑衣人

那是一个襄国的宫人

老太监不知晓 这孩子是襄国王在酒后

与一个地位低贱的婢女乱性所生
为了避免留下面貌俊秀却生性淫乱的名声
他命黑衣人处死这个孩子


黑衣人不忍亲手将初生的婴儿杀害
便将他弃置在城北 任其自生自灭
老太监看他生得聪明俊秀 将他接了回去
这婴孩便从本该被野狗分食的命运里挣脱
一跃而成了太子


殷太子来到王女所在的关山国
却不曾想看到血亲反目的戏码
王女的脸上尚且沾着她幼妹和母亲的血
却已然要登基成为新的王


在登基前的一天
她悄然来到殷太子的营帐外
被关山天河琢磨出来的异国王女
设计了一出绝妙的戏码
她装作不懂得什么是婉转
只是把自己悄然萌芽的情爱
糅杂在平淡的言语里

她说 我需要一个继承人

只有你的才华和天赋

才最适合做我孩子的父亲

放心 以后我们除了外交不会再有别的接触

这孩子终其一生不会知道他的父亲是谁

无论男女 都将会是我的王储


她儿时所住之处 离殷国的城北很近

那是两个国家交汇之处

只要过了一座桥 便是异乡

她知道年轻的太子 其实是她生父的孩子

美丽的桃夭要设下一场局

为的就是置生父于死地 为此不惜牵连他人

不惜与自己同父异母的弟弟乱伦


因为只要他还活着

就算自己的母亲和幼妹死在玛瑙刀下

他也会不断地打压关山的疆土

她就无法实现自己统领一切的欲望


年轻的太子始终不知道自己有这样一个姐姐

他只知道眼前这个貌若桃花的美丽女子

她的美貌让他神魂颠倒

他也只是一个被利用的筹码

世人皆知近亲必然生下异种

那是极度不吉利的象征

他会在劫难逃 以至于当年的老太监

和太子的生父都会被秘密处死

甚至连骨灰都扬进大海

而不会有任何人知晓这一事


时间又流逝了五年

王女清光一样的面容 只剩下瘦风骨

眼睛却洗练得雪亮

她时隔多年再度踏入殷国的宫城

却是以人妃妾的身份


王女的金冠被摘下

而她如同飞鸟般的裙后藏了一个女孩

小小的女孩抓着王女的裙角

她不知道母亲要做什么

只是跟随母亲来到殷国的皇宫

面容像是一朵初生的桃花


王女蓄意用早就布置好的丝线将她绊倒

她那一对逆生的肩胛骨暴露在众人面前

那被视作极度不吉利的象征

先知者处死了老太监与王女的生父

以那被世人奉为神明的权力

他翻手就能亡了襄国


行刑的那一天 她去了

在海岸线断崖边那个秘密的刑场里

母亲曾经送她的香橼早已沾满了鲜血 被岁月粉碎

她从自己命下人打造的

雕饰浮华的刀鞘里 抽出曾经的刀

她将那柄镶嵌玛瑙的利刃

亲手送入了生父那宛如南国桃花的眼眸

她说 我想要折一枝南国桃花送给您


随即 她将染血的刀从他空洞的眼眶里拔出

那衰败的 血色桃花般的一对眼球

滚落在她与殷太子的脚下

她依旧不带任何情绪地笑着

将染着桃花血的刀

刺入了旁边那年轻太子的心脏


殷国虽然与关山结盟

却耐不住关山王女那毒蛇一般的野心

那身患疾病的老国王不久前死去

唯一的太子在此刻也被她亲手杀死

她早就知道一个没了太子的国度

很快就将被她的关山吞并

这也是王女一直想要的


断崖上只留下了她与先知者

先知者燃起一把火 将那不吉利的象征烧个干净

随即被海风卷入了一望无际的蓝色水面

无人注意到在这几日一直未出现的那个孩子

皆以为那个女孩早已因为害怕而逃逸

她却被先知者施下了傀儡术

小小的身躯藏匿在他宽大的白色衣袖里

古书所言 她将永远听命于施术者


先知者就是当年的黑衣人

传说早已在上古时代的大战中死去的他

存活下来 隐姓埋名自降身份

附身在襄国宫人身上

后来被世人找到 再度被奉作神明

然而他要的不仅仅是一个虚无缥缈的地位

他要城池疆土 他要真正成为一切的王

他一直等待着时机

而此时他利用王女的野心

终于寻得契机再度统治一切

他比王女更想要关山

不仅如此 其实他想要整个八荒臣服于他


那个被认为早已在混乱中失踪的孩子

是王女幼妹的怨灵转世 目睹了这一切

王女夺去了她与生母两条无辜的性命

她小小的心肠 早已对王女恨得入骨

此时 她就站在王女的面前

世人所谓的先知者 却不知自己的傀儡术

能控制阴阳两界

却控制不了浮离于两界之间的怨灵


那个失败的傀儡术

反而让先知者自己成了傀儡

面若桃花的少女 控制着先知者

将王女推下那千丈的断崖

随后他像失心疯一般

在她的控制下

将琉璃刀刺进了自己的喉咙

她知道先知者对她的利用

他的存在对她而言就是个威胁

鲜血喷薄而出 溅在了小女孩桃花一般的眸子上

她嫌恶地擦去

那些遮住她视线的污浊东西

长发被海风吹拂

遮住了她畸形的 逆生的

如同折翼蝴蝶般的一对肩胛骨

随即她转头 背对着海岸线笑了

那一笑如同幼鹿飞鸟般活泼

天真纯净 恰似南国桃花


# 妻

他把宝剑架在妻子的脖颈上

她是如此脆弱

青白的颈流动着鲜红的血

他直直摁下手腕 砍断她的头颅

酣眠中的简妮 就如此做起永不停止的美梦

金棕色的发散了满床

头颅跌入兰德尔的怀里

正如她每一个薄情而真挚的夜晚一般


简妮修长的眉秀美

眼闭上了

于是她眼底那片蒸腾的 不管是花还是水

是春风还是沙漠都不能再刺痛兰德尔的心脏

她干裂的唇算不得美 却极其忠于她

指挥她的唇舌说出些灵巧的话


他不该在夜晚杀死简妮

一个人永远无法在黑夜里 杀死黑夜的女儿

夜色浓稠地流淌下来

蔓延进他们的床铺

爬上简妮的金棕色头发 将它们染黑

不带一丝星辰的光芒 凝聚成黑色的袍

裹住她单薄的身体

鲜血化作来自遥远国度的曼珠沙华

依附在她的衣角

王女的头有了新的身子 新的凭依

她无穷无尽而热情的恶意

极富生命力地爬上来


于是王女又睁开眼

仿佛刚睡醒似的 迷蒙着眼

氤氲着水汽 向她丈夫的怀中又靠了靠

一个人是无法死两次的

兰德尔第一次杀死了她

就无法再杀死第二次

只能等待给予她第二次生命的黑夜

什么时候厌弃了她

那时她自然会死去


于是兰德尔放下剑

仿佛他不曾杀死自己的妻子

而是用双手拢着她的鬓发

像是个真正的好丈夫

他低头去看怀里的妻子

发现简妮没有睡着

兰德尔最厌恨的

是她的眼底那一片狡黠

全然不似幼时的皎月


简妮的嘴唇暴露了玄机

她淡色的 干燥的

像是风干的蔷薇般的唇微笑着

像是在嘲笑他一切的无用功

兰德尔便知道

他无法再摆脱自己的妻子

一辈子 直到他们其中任意一人化作黄土

# 简妮与兰德尔前传

相处越久 兰德尔便越确定他的直觉

他曾靠着自己过人近妖的直觉

在官场上躲过一次次的机锋

不动声色套着玉般柔和的皮囊挡回去

他外表性情如环佩

却比其更坚硬

明争暗算的箭矢打在他身上 不曾留下痕迹

却被他抹了毒药又送还给对方

附赠几声环佩相击的叮当作响


他蛇蝎般五脏六腑是为了位极人臣

荣华富贵功名利禄

为此他耗神耗力殚精竭虑

他承受痛苦又享受痛苦

可简妮 他那阴险而心胸狭隘的妻子

把人拆作白骨从不如兰德尔般看得那样重

兰德尔 是夜间近晨的露水雾霭

他总是有一两分柔软心肠的


可简妮呢 她不爱任何人

甚至不爱她自己

简妮是黑夜本身 精明老成的少女

她号令着夜晚

肆无忌惮而傲慢自信地挥霍自己的资本和国度


兰德尔甚至产生了

用剑砍断这女人的脖子的荒诞想法

可是每每想到此时

他眼前看到的不是空荡寂寞的血和死亡

而是无处不在的恶意和凉薄


兰德尔想起 他们每个共同安眠的晚上

丈夫与妻子的身体都不好

在一起不过是比谁的心血更多几分

经得住他们浪费一次次呼吸


他们是如此步调一致

以至于兰德尔常年满是熏香的衣上

沾染了简妮一身草药气息

这苦涩的味道钻进他的衣领

随着每一次简妮看似柔若无骨的依偎和亲吻

渗透进他的脖颈 嘴唇 额头

而简妮的草药气息

那苦涩的草药气息也被他常年的熏香环绕

他们甚至一同服下药汤 不管是谁的

也不管那一碗是治谁的痼疾

只是如同真实的夫妻一般

服下自己的 或是对方的药物

夫妻一体 简妮每次说这话都要冷笑着

她瞟一眼兰德尔的神情


兰德尔觉得 简妮是黑夜捧着的一颗秀美的头颅

简妮的眼里含两潭透彻的月影

飘飘荡荡地氤氲在她青眼的水里

那种朦胧 让兰德尔想起自家庭院的青帐

拨开之后也是山石枕寒流般的清醒


简妮用眼底瞧兰德尔

是看似温婉却无情无义的轻蔑

女人的手扣着瓷瓶的边缘

她的指尖太过苍白

以至于带上了几分青紫

像是兰德尔每一个夜晚睡在她身侧 清浅的太息

也是低倚门窗的月光留下的影


简妮的故乡 在北国以北终年不化的冰原之上

她真真切切是冰霜的女儿

兰德尔曾经听说过简妮尚在她的故乡时

像是一只快乐而明亮的小松鼠

她懂礼仪 却不失少女娇憨

她不是蝴蝶 不曾斑斓 也不曾如此蹁跹

她也不能是流水 她比流水更加寒凉和强硬


可当兰德尔第一次确实地见到她的时候

他不禁在心里暗骂一声传言歪曲不实

像是失真的壁画和驳杂谬误的书

简妮就那么端正而傲慢地坐着

她带着女儿家甜蜜热烈的笑

眼中却连掩饰都不愿

逸散出呛人而浓稠甜腻的气息

香气盈室却额外惹人心烦

是不招人喜欢的娇气


兰德尔不喜欢她 本能地不喜欢她

而当他看到她的眼

视线相对的一刹那

鼻尖那股让自己几乎作呕麻木的香气

又卷土重来


兰德尔感到额角剧烈的疼痛

青筋似乎也开始跳动起来

不由得用苍白的指揉了一揉

并有点绝望地想

这次或是要比上次更加严重

时限是整个余生


# 逆转时空中的爱丽丝

娇纵所酿的鸩酒 报应在她自己的身上

阿玛斯兰不得不死去

而爱丽丝为了阻止这件事情的发生

几乎拼尽了全力

她是那么愤怒

你是我的东西

怎么能够不经过我的允许 就擅自枯萎破碎


可她终究无法阻止一个人

自己想要得到死亡的安宁

阿玛斯兰的面容被静谧寂静的死亡所笼罩

垂死之际的他

一双金黄的眼睛从未这么明亮过

唇边浮现起诡谲恶意的微笑

用气音在爱丽丝耳边说


那个孩子会叫慕刻依拜尔

因为你这样的人是不配触碰神圣的

慕刻依拜尔的名字 是神圣的祝福

却也是生父的诅咒

爱丽丝终究无法触碰到 神圣的洁净

她终究变成漂泊的浮萍再无依靠

爱人的死亡和腹中骨肉的远去

会让爱丽丝日夜不得安宁

她的灵魂 自从阿玛斯兰死去的那一刻

就日夜哀嚎痛哭

燃烧着愤怒的火焰


那是面对自己最珍爱的收藏被人盗走的怒火

和发疯的掠夺

其中或许混杂着一点纯净的爱怜

爱丽丝并不懂得什么是爱

拙劣地把欲望和占有

酿成带毒的爱情给予阿玛斯兰

她死于难产 在心上人离开她三个月后

傲慢任性的爱丽丝终究要去地府接着纠缠

慕刻依拜尔被从母亲的肚子里剖出来

浑身沐浴着爱丽丝恶毒却高贵的血

不出意外的话

慕刻依拜尔的结局难免死亡


可恶女用生命浇灌祭奠的疯狂毒种

开出意想不到的花

慕刻依拜尔的血脉

是她从无辜的罪中得到赦免的通行证

她被锦衣玉食地抚养长大

性格纯真又善良

爱丽丝的故事逐渐埋没于风沙

而慕刻依拜尔走向了

和母亲截然不同的道路

像是曙光从地底的裂缝溜出来

一场罪念的终结 和新生的轮回发端


# 才子与疯子

她不需要温柔 因为她疯了

怎么能用正常人的怜悯同情对待她

才子刻薄又带了一分诡谲的温柔

她已经这样了 她最喜欢的人是我

我却这么对待她

她还能向谁流眼泪 去诉苦说痛呢


故而 疯子有朝一日不追着才子跑了

她扯了另外一人的衣袖

仰着头 对那风清月白的王孙公子

露出没有一点阴霾的 清丽的笑


才子在一旁看着

仿若被烫到一样 迅速收回视线

谁也不知道他打破一盏玉酒杯

碎片割伤了手指

流出艳红近黑的血来

化作毒蛇缠绕在自己身上


才子这才惊觉

疯子笑起来也是很漂亮的

那是一种义无反顾 奉献全身心

任人欣赏把玩的笑容

眼底还淬着骨子里的毒辣

却主动把柔软的一面 捧出来任人践踏

她被伤害了也不会离开

向加害者撒娇 只会让人想要让她疼

再哭得伤心一些

最好一边哭 一边咳出血来

抖得如秋风里的落叶

黑发披散在苍白的皮肤上


才子皱起眉 没有管自己汩汩流血的手指

他凝神思索起来

觉得仿佛有哪里不对劲了

恰巧小疯子转过头来

瞧见他手上的一点血痕

只是轻微地皱了一下眉

仿佛瞧见什么极其厌恶的东西一样 转回去


才子一向聪明 此时亦如是

他终于发现自己为什么

心里如此烦躁 郁郁难平

是因为少了一个疯子 绞尽脑汁跟他说话

被他伤害了 都傻得扑进他怀里哭

少了一个疯子 舔掉他手指上的血

咬得他手指沾着口涎 痴迷又病态

最让他意难平的 是疯子没有对他笑

他见她对自己笑时

心里暗暗嫌弃执妄孽障

可如今见她对别人笑了

才惊觉恨不得把对方绑起来

眼里只看得到自己一个

是哭是笑 都没关系


才子细细地咀嚼 这些酸涩尖锐的怨气

他傲慢可从不迟钝

故而他知道

这些感情名叫妒恨爱憎

吞食生肉鲜血的特权一朝被收回

哪怕是他 都再也控制不住


# 慕刻依拜尔

慕刻依拜尔慢慢蹲下身

把那一只伤痕累累的龟裂的手

从她翠色的衣摆上拢下来

像是捧着什么无比珍爱的东西似的

合在纤长有力的

如玉造般的双手之间

她黄金般的眼睛静谧威严

阻挡住想要劝阻自己的侍女

被蹭上鲜血的手轻轻解开了自己的面纱

华彩斑斓的锦缎被抓紧

皱缩成一团慈悲的心脏

为那苦难而低贱的奴仆 拭净侧脸的血污

# 霓虹传说

在遥远的星系之间有一片霓虹

那是在伤痕之间无法触及的缺口

也许爱与恨之间没有因果

只有甜蜜星风将一切冲淡

像是被推离 冲散 在一切选择项中复活

那是七秒之间的距离

也是无法触及的海底

像一条搁浅的鱼 像陨落的流星

它偏离了天际线之间 航道的缺口

像是一次无法触及的隔岸相拥

红色丝线断裂在霞光笼罩的海岸线两端

像是霓虹之中 猛然跌落在黑夜的缺口

像是掉进兔子洞的爱丽丝

会是甜蜜宇宙 还是失控的星辰

地心引力消失 像是谁糖果色的哀愁

蓦然一颤的心弦 无关风月


那是乍然绽放的烟火

散落在银河里的星际

像是落幕的记忆 化为漩涡

为何你还是情愿和恶灵订下契约

却依然有一道光 带你抽离和逃逸


意识如同星风 无限远 无限近

是谁在星际之间的最后回溯里 隔岸观火

那是美绝的一场霓虹色

蓦然跌入第一重空境 是无尽的坠落

云翳之间未必是黑暗 漆夜也是涅槃重生

一切消湮 成为无尽的黑色玫瑰

似是无法呼吸 又似乎终得清明


在一切消逝的天际线边缘

放逐着光坠落到云层之外

如同涟漪逐渐弥散 在红色星球之间

一切失去意义 意义也失去了一切

兔子洞的尽头 是一颗蓝色流星

那里有一条大鱼 有着鹅黄色的角

暂且称它为独角鱼


一瞬间被流星牵引 跌入黑洞

第二重空境里 穿越了地心 又何必在意引力

浮离 消逝 退化成一个孩子

在无尽的跌落中 闪过五光十色过往

我无法捕捉 无法呼吸

像一只折翼的蝴蝶

似乎唯有沉溺才是解脱

才能让疾风之中破碎的呼吸重新凝聚


坠入霓虹尽头 消散了轨迹线

无论会结成什么果 选择项无法更改

抽离 沉沦 在那紫色的薄凉光芒中

第三重空境 是一道温暖的光

有着星际之间最初赋予的温柔色系

像一个绵软的陷阱

甘愿作茧自缚 画地为牢

如此便能得片刻安然 如同奶油色星云

不去在意 是谁隔岸观火

放逐一切 消散在沉黑如墨的星风之外

像一场异世界的冒险

何时能抵达 你的空间站

逐渐消失的心跳 浮离的呼吸

是涅槃还是永生的依恋

依恋着这一切 似血色的沉沦

隔离了浪漫和悲苦喜乐

下一秒 放逐一切坠落在无尽深海

逐渐倒数着 似渐渐靠近的步伐

流星划过天际 鲸鱼的哼鸣


像是蓝丝绒包裹的星夜

坠落的光消失了意义与终点线

失控在五光十色的霓虹之间

逝去了轨迹 只余沉溺 跌落

冰封深海底乍然掀起的潮汐与烈焰

看它猛烈地拍打在海岸上 却绝非仅此一次


下一秒 是一重重浪涌 将一切化为空白

在迭代中冲刺 循着谁的心迹节奏

被吞噬在烛火缠绵的融化中

最后一秒 无尽的波澜化为碎片

被虚化 融解 散为银河

最后一刻 一切消逝 成为沉黑如墨的云霓

波澜的余韵 却比此前更加汹涌澎湃

跌宕起伏 却是莫名地安然

一切的初源 便是这失去光芒的无声夜空


循着谁的心意 轨迹 回溯 重现

将奶油色星云 重写一遍又一遍

无尽的漩涡 似万花筒的光芒

尽头的霓虹 绚丽得绝望又璀璨

吞噬了星云 溶解了一切的定义

像是一触即逝的绝美花火

却幸得 能够借由契机 将一切美好无尽蔓延

弥散 消失 湮灭在一重重云层之间

三重空境以外 我再也数不清到底是第几重


跌落每一重空间的那一瞬

皆是 C 值降临之际 却无尽停留在顶点

顺水逐波 滑向最深处 似云霓

那是心底温柔坠落的旋律

像是月祭降临之时 谁为星辰拢上薄纱

心电感应 人类的词汇都显得单薄

光阴被虚化 是无比真实的虚拟

在烟花与飓风里回溯着 一遍遍的甜蜜星风

旖旎的烟霞色之外 是一切的初源

被书写在古老羊皮纸上

像一场众生皆沉溺的绝美花火

霓虹色的过山车 将你带离过往

此端 彼端 每一瞬皆是真正的沦陷

成为那一场 梦中梦中梦

像是子夜星云之间的缥缈传说


夜色的眼眸凝望着无边无际云海

在云翳之间 每一刻皆是无尽的跃升

固执的定义终将被融解

你吞下神明漂流瓶里的字条

看着海岸线也消湮 在那古老的小城

旷世的璀璨传奇 吞噬了星河

像是盛世的灯花 星云飞散

奶油色云霓之间 再无终点线

只剩一场 传说般的翻跃

那是一条孤独的航线 顺水推舟

一遍遍牵引你轨迹 星迹 不知去向

无法用言语描述 似乎是心灵相通

失去的意义便是意义的本质

一切的始源 无尽回溯在星云之间 永不停歇

# 情人

一方是疯人院里的病患

另一方冷淡傲慢 重利轻别离


因为疾病控制了思维

所以她什么都做不好

只能靠极其漂亮的脸讨人喜欢

暴躁阴鸷 眉目像是艳骨刀

把人皮肉割碎作凤鸟翎毛

脸上沾了一点血

自己便涂开作妆饰 是个疯痴人


她成日对着自己笑

绞尽脑汁找来话题和自己谈论

只可惜才疏学浅 金玉其外败絮其中

诗文半通不通搭不上几句

瞧见他转头和别人自顾自说话 相谈甚欢

沉了面色想当场发作

又怕叫心上人更讨厌


她将指甲咬碎

无意识拧着腕子

自己就掐出一片青紫

矫揉造作 是涂饰了过重彩脂的神像

不灵不慈 反倒露出一种阴煞的邪艳气

不会动情 但足可挑动其不知饕足的欲

那冷淡傲慢 骄傲刻薄的才子有才无德

一边随意应付着那阴鸷疯痴的痴情人

心下却把人轻贱到尘埃里

他凉薄地想着 她连笑竟也不会

一边挪开视线 装作没看见她眼里

灼热的病态狂热 痴迷和喜爱

她是一个暴戾与娇柔的矛盾体

方才发怒亲手把人剥皮填草 拍着手笑

如今却又因为不小心磕碰一下而掉眼泪

要用药油小心翼翼揉开那一片淤血

她乌沉沉的眼睛里 光也是冷的

却直直盯着你 甜甜地说谢谢

他爱的是他人漂亮皮囊

爱的是自己一厢情愿陶醉于爱

他站得高 骄纵无能只学出一个"刻薄寡恩"

他爱的是别人对自己的掠夺支配

想要有那么一个人

爱恨情欲都被自己一手抓住

自己这一副躯壳 一副灵魂

也被对方撕扯燃烧

从天灵顶到脚底心之间胀痛酸麻


最好她能追着冷厉凉薄的才子微笑

暴戾阴鸷的血肉怪物

却只会小心翼翼地看才子的脸色

那么凶戾的恶鬼

却缩成小小一团任人在心里轻贱侮辱


她那么怕疼 被索求的时候流着眼泪

哭得凄惨而美丽

才子心想 哭起来要更好看一点

他心想 她是一个痴人 一个疯子

疯子是不用怜惜的

疯子是不需要温柔的

因为她疯了 正常人的怜悯于她而言

只是一种轻蔑的亵渎

# 王族

她有一双似泼洒着黄金的狮子眼

是岁月漫长之中忘却了年龄的女子

有着美丽坚毅的面容和高洁的品格


她是王国的继承人

少女时期继承了母亲的王座

而后征战四方开疆扩土

她的威严和恩典曾经无人不知

因为勇气和坚毅曾经被众人传唱

然而在诅咒之下 她变得疯狂嗜杀

王国分崩离析


在短暂的清醒中

她选择挖出了自己被诅咒缠绕的

狮子般的心脏 封存进了银盒子

自认不配再统领他人

她也随之自我放逐

在被吞噬之时 谁从大陆的尽头奔赴而来


那是逆转时空之中 世界上另一个她

身披白纱的公主 高举起了镶嵌宝石的长剑

是年轻冰冷的少女

堪称绝色的美貌 让人愿意为了看她一眼而死去

就连她梳头用的木梳上

也停着为她而沉醉的蝴蝶


作为被恶龙选中的王国公主

依照百年一次的定例 成为龙的新娘

以爱情为名的恶念 由她来斩断

出嫁时庆典之盛大前所未有

无知者欢悦 知情者哭泣


龙息烧焦了她的白裙

龙爪划破了她长长的银河一般的面纱

于是龙得以见到自己的新娘举起了剑


她独自一人穿着烧焦的衣裙

提着龙首 骑着黑色的马奔驰回到王城

人人畏惧于公主的强悍

当国王再一次决定把公主

嫁与沉溺她美貌的凡俗之人时

她用屠龙的剑划破了自己的脸颊


她依然是优雅从容的领主

她一笑 人们甘愿用金丝来绣她的织毯

美丽的眼珠可作比较宝石好坏的参照

嘴唇吐息 玫瑰的芳香在她的府邸经久不散

身躯腐烂在地下喂养她钟爱的蔷薇

从那时起 她便所向披靡


领主用她优雅的唱歌般的调子说道

我的丈夫要通过我的三个考验

他要强大 否则日夜哀嚎的血与土会让他发疯

他要博学狡黠

否则时间的迷宫会让他失去方向

他要爱我 为我找来三件我最想要的宝藏收藏

否则我会因为贪婪砍下他的头颅


撒旦的公子向地狱里的同僚打赌

让这位铁石心肠的领主陷入柔软的爱河

但他的心被毒蛇咬了一口

从此陷入了领主赢过魔鬼半分的棋局

魔鬼总是喜好邪恶的

领主如黑夜深沉的恶念 足以让他献出自己的爱


领主戴上燃烧着焰火的荆棘王冠

她手中 由白骨和灵魂铸造的刀剑熠熠生辉

亡灵借尸还魂的战马嘶鸣

她拽住缰绳 迫使马低下头去

领主自己也垂下那颗漂亮又高傲的头颅


"难以置信 魔鬼驯服了我"

她轻快地说

"而你也驯服了恶魔"

魔鬼礼貌地于她手背一吻

黑发羊角的魔鬼 携着黑夜的女儿

最终回到了自己的归宿


# 秋


她是红玫瑰镶着金边的花瓣

还是甘愿沉溺于暗狱的恶灵

秋正是因为同时具备这两点

所以矛盾而迷人

像是被血液灌溉的玫瑰一样


她向莎乐美祷告 声音缥缈而空灵

莎乐美 告诉我你还要什么

我都愿意给你 只要是你所要求的

我都会给你

为了这一瞬 我愿用余生陪你

我愿给你最高祭司的披风

我愿给你圣堂的帐幔

除了我的生命 其他的都可以给你


秋在某种程度上和莎乐美有着相似性

一如她如果面对上述的提问

也会说出那句 我要的是你的生命

她正是因为看重生命的沉重 复杂 美丽

所以才轻蔑生命

难道谁会不想把如此复杂而精巧的东西

用理性拆解 握在手里吗


因此她的伦理道德感很低

强调美的超功利性 主观性和享乐性

这种美是超越升华 空灵神秘的

由这种美产生的愉悦

不单纯是官能感觉上的幸福

而是游离人生的快乐

在精神上 是对于美的神往与沉浸其中

或许世界都是主观的

然而她自己并不认为自己疯狂

因为疯狂只与理智相对存在

脱离了理性审视的疯狂 不是疯狂

而在某种意义上 秋又是极其理性的

难以理解感性的人

所以怎么能说她疯狂


她说 是你们定义我疯癫

怎么反倒来惧怕我

她在阁楼里哭喊 是你们定义我的外表为美丽

怎么无法承受这重量


她是年轻的哲学讲师 发明家与作家

这三种职业 真的可以汇聚在一个人的身上吗

一如秋充满的不确定性和矛盾性

难道不是造成悲剧的源头吗


她的父亲曾经是相当有名的精神科医师 唤作莲

母亲则是罹患重症精神疾病的

红极一时的美人

外籍电影明星与歌星 叫作薇拉


许多人以为秋的面貌遗传自母亲

相反 除了那令人着迷的气质和眼睛颜色

她的五官轮廓更像父亲莲一些


相识只是始于父亲帮助同事代班治病

母亲看到父亲俊俏的面容

从此便狂热地爱上了他

甚至把自己的病历

转到了父亲所管辖的病区内

等到莲认为薇拉只是依赖上了医生

出于职业道德拒绝了她的爱意

薇拉甚至以自残的极端方式

威胁对方和自己在一起


与此同时莲的状况也并不好

常年为别人排忧解难

看到无穷无尽的泪水和悲哀

也很大程度上腐蚀了他的心灵

他不得不靠大量药物入眠

苍白的手臂上 割破的疤痕掩映在黑衣白袍之下


莲因为高共情能力

对帮助不上病患产生了深深的愧疚和无力

薇拉正是利用了这种愧疚

在满含眼泪的 仿佛魔女一样的蓝色大眼睛里

满是痴迷与爱恋 死死攥住

面庞俊秀得仿若神迹一样的医师的白袍

一遍遍说着 失去了你 我也会消失

请爱我吧

爱我吧


不久之后 莲为了摆脱这种纠缠递交了辞呈

可薇拉始终如影随形

她很快出了院

重新出现在电视屏幕与银幕上

谁也不知道她美丽的外表下

是如同莎乐美一样的心脏


她不断地寻找着莲

她说 现在我不是你的病患

你也并非我的医师 请你爱我


年轻而苍老 疲惫不堪的医生垂下头

蓄长的黑发垂落

我仍然不爱你

他苍白的脸上平静得如同死水一样

# 少年人

他总是自顾自地抛给别人几个问题

却巧妙地对别人的探寻不予回答

他非常喜欢逮住人聊天

除去一开始 冰冷仿佛毒雾一样的模样

大概剩下的时间里

疯狂 是别人给他打上的标签


古怪 情绪化 在外人看来他难以理解

难以接近 除非他主动搭话

否则就像是一具水银的雕像

手指的鲜血滴落在他唇上 故而雕像鲜活

可毕竟没有一颗真正的心脏

偶尔微笑着吐露出的言语观点 异于常人

也增长了这种格格不入


人类都是复杂而混合的

有着沉甸甸血肉

是各种东西组合在一起做成的

可他似乎从头到尾

每一寸皮肤 浅色的眼睛

大脑里的思想 以及他的呼吸 唇舌 言语

都是为了美而制造出来的

每一点 都在嘶吼着追逐美丽

他是虚无缥缈的光

是纯粹而无瑕无垢的美


人向往美而又惧怕极端

因为到了美丽的极端 故而没有人愿意去接近他

他情绪化的心情时起时落

高兴时就连语气也仿佛高歌吟唱

而低沉时也给人一种迷幻的沉醉


仿佛沉溺在葡萄酒芬芳甘甜的酒液

他皮肤之下暗红色的血管里

流动的究竟是脉脉的鲜血还是美酒

越烦闷的时候 却笑得越发灿烂而耀眼

情绪上的低沉抑郁也是一种痛苦

他极其沉醉 并且欣赏这种精神上的鞭挞和折磨

乐此不疲地把自己的眼光剥离出来

就如同在无尽的夜空里

碾碎一颗流星

散落成他潜意识中无尽的霓虹色宇宙


他冷酷地拷问着自己 一切需要思考的事情

真理 善恶 美丽 理智与疯狂

他从这种疲倦的 狼狈不堪的精神鞭挞里

得到一种病态 苍老 永恒

又仿佛是剥开皮肤 鲜血淋漓的新生肌肉一样的美丽

他不被任何人或者思维所束缚

追寻着永远没有答案的问题

这恰巧也是一种美


他只是继续煎熬在对自身施加的这种酷刑里

仿佛抬头可见真理的泱泱日光

而自己身处在岩浆炼狱

只有定义的多样化

才会有美丽和丑恶的存在


所以他追寻的真理是什么

他想不想得到

得到了以后又会做什么呢

或许他自己都不清楚

只是尽职尽责地 愉悦地享受追寻的过程

愉悦地享受每一丝痛苦

因为他知道在此后便是永恒的星辰

所以他吞下匕首

燃烧自己的生命 去阐述什么是美丽

他看似情绪起伏不定

实则难以感动 心肠如冰冷铁石

即处于一种无感动的状态

他的无感动是基于对人七情六欲的了解

他能够理解状况

理解别人的思维和难处

但无法理解为什么别人的情绪会冲动


为什么会对死去的人哭泣

他能够说出

人类哭泣的神经信号反应是怎么发生的

但无法从柔软的 感性的一方面去理解

他像是一尊高高在上

冰冷而美丽残酷 冷眼旁观的神像


与他的无感动与冰冷相反 在兴趣上

他追求灼灼烈火般燃烧的热烈

他沉醉着 并超越了肉体上的痛苦

精神才真正获得解放和解救

享受着永恒的欢乐和无忧的乐趣


只有在折磨自己

沉醉于真理的时候

他才感到自己是活生生的人

这种由无感动催生的感动让他热泪盈眶

愉悦而感激地咀嚼每一点疼痛

鲜血仿佛也化作蜜糖

像是神像剥离外壳 化为人形


他是个普世价值中绝对的疯子

聪慧过人却不把自己的性命看得要紧

反倒对着死神露出美丽的微笑

或许 他被剑抵住脖颈也在笑着

笑到打颤 猖狂又肆意

他沉醉于幻想但不拘泥于幻想

比起唾手可得的赞誉和美丽

那些寻常的 他人追求和称赞

被社会所喜爱的 认为正确的美

又有什么用呢

无法通过痛苦和锤炼得到的东西太脆弱

难以一直拥有

譬如尘世的阳光 艳丽的花 璀璨的星辰


他要把一切抛在脑后

不怕堕入无尽的虚无

因为真正的美总与死亡相伴而生

他是这么认为的


在极端的情况里

更容易被催生出平时难以见到的奇景

人类的感性和理性交织会发生什么神迹

他讨厌被束缚 喜欢主导

大脑里装着乱七八糟 绚丽古怪的思想

如果不倾倒出来 大概会爆炸成一朵血花

所以他总是自顾自地记下灵感

经过那双纤长而清癯的手

指尖苍白得没有一丝生机

将心头血化作墨涂在纸上

记载下来的东西仿佛都拥有了魔力


# 美人

她好高骛远 心血沸腾

想摘下天上最美的星辰

想获得人间最大的快乐

远近的一切 什么也不能满足她那无限的野心

她的面容相当惊人

是仿若水银一样纯美带毒的美貌

深沉的靛蓝色长发自然带卷

呈现以钢铁般的青蓝过渡至灰蓝的颜色

垂下头看人 仿若被汩汩流泻的千万条星河在夜色里笼罩

长发悬垂至腿 像华丽的织锦一般倾泻而下


不属于尘世的美人

的确有着一副美丽的容色

传统的古典美和莎乐美般魔魅病态的美貌

在她的脸上汇聚交融

以看不见的笔描摹出一副好皮囊

墨黑的眉梢掩映在素白的屏风之后

只轻轻掠过就离开

洁白的面庞与好似油画般微笑的唇齿

是一朵破碎的夜晚玫瑰


她明净的杏眼圆润

只在眼尾狭长上挑割开一捧秋水

眼睛因为是异种的缘故

颜色十分奇异 两只眼睛各不相同

一只呈现浅淡剔透的紫罗兰颜色

一只是明朗而神秘的蓝金色

像一只名贵而骄横的波斯猫

又好像白绢上被点染浸湿了萱草色的染料


美人的睫毛纤细柔软

纤长却不卷翘

她睁开眼睛注视着别人

像是仕女手中矜持而冷淡 展开的一把檀香扇


她的面庞骨相峭厉

并不是多么平易近人的 温柔的美

不知为何会让人想起水银

一样的剧毒和冰冷 却美丽光洁无比

如同她天生微笑的唇角

被冷淡的气势所迷惑而隐匿了存在感

略微粘稠的疯狂和神秘

雕像般的美貌吸引着他人前来

而后只有当她傲慢而主动地选择欢笑时

那蕴藏在美丽中的毒药才会让人麻痹

从此动弹不得


她缄默不言时显得冷若冰霜 不近人情

可一旦从她那生来微笑的唇齿中吐露出字句

就像是带着甜美蜂蜜香气和血雾的言语

化作蝴蝶围绕在身边

凝聚成感官喊叫撕扯着的美丽

为他人献上一副荆棘冠

那红棕色微微上翘的唇

是从油画中提取凝炼的色彩

也像是一件红玛瑙制成的名贵工艺品


她启唇像是读出判词

她说 幸福的人实在是非常稀少

空洞的骷髅 为何伴作笑容

你也曾困惑过 像我一样

寻觅万物的终点 却在沉重的昏暗中

为了追求真理而凄然迷惘


用冰冷粗野的心肠与美丽天光的矛盾交错

使得美好鲜血淋漓

更加绽放出残酷而冰冷的光华

她的笑容细看 是剖开洁白的大理石雕像表面后

惊悚地发现里面藏着温暖的尸体的恐怖

血肉的狰狞 和雕像脸上仿佛永远不会改变的微笑

反差和矛盾 交织形成激烈的曲子

构成了病态而愉悦的美丽


她像是一只狐狸 像是深山里鬼魅的女儿

美人没有名字 对此她是这么说的

美丽到底是指什么呢

如果世人真的认识到了美丽的事物不囿于外表

那么我纵然没有名字 又有何不妥

看着我 看着我美丽而热烈的真理

看着我炽热的爱和情感 而非我冰冷的容色


她面颊的容色像是温暖的春日

一笑起来却是寒凉的秋天

是甘愿沉溺于暗狱的被囚禁的神祇

正是因为同时具备这两点

所以她有着摄魂夺魄的 病态的美丽

像是鲜血画出 被降下诅咒的狐狸刺符一样

她在某种程度上 和莎乐美有着相似性


她正是因为看重生命的沉重 复杂 美丽

所以才轻蔑着生命

她想把这如此复杂而精巧的东西

用理性拆解握在手里

因此她的伦理道德感很低

她强调美的超功利性 主观性和享乐性

这种美是超越升华 空灵神秘的

由这种美产生的愉悦

不单纯是官能感觉上的幸福

而是游离人生的快乐

在精神上 是对于美的神往与沉浸其中

在她那异色的瞳仁看来 或许世界都是主观的


她有着极其美艳的容颜

眼角的珠泪像是折射着极光的欧珀

又像是昂贵而尖锐的钻石

她的面容 在哭泣时像是神秘学仪式上的蜡烛

流淌下的烛泪 在光洁无瑕的面颊上凝固

她冷酷而疯狂 自己却并不认为自己是疯狂的

因为疯狂只与理智相对存在

脱离了理性审视的疯癫不是疯癫

而在某种意义上 她又是极其理性的人

所以怎么能说她是疯狂的


她像冰原上有着裂痕的玻璃罩里

那朵冰封染血的红玫瑰 鲜血结成冰棱

穿透了娇艳欲滴的花瓣 它便瞬间凋零

流出令人惧怕的 腐臭而枯败的液体

世人定义她的外表为美丽

怎么无法承受这颗冰冷而凄厉的心

红玫瑰在荒凉中死去 哀歌吟唱

举世悲泣 唯有这美人却不悼亡

因为那朵玫瑰就是她的心脏

万物皆守恒 她本是个异种之中最低贱的族类

有着畸形的 灰色的身体

以及像野兽一般粗糙的皮肤 不辨五官

被嫌恶驱逐的她 与神明做了交易

用自己的心脏和一半寿命

换了这副冰冷的倾世美貌


从此 她的心脏被神明换下

神明将她的心脏 装在了自己垂死的小女儿身上

她空荡荡的心房里 是神明垂怜她

赐予她的一朵凄艳玫瑰


神明没有告诉她 关于自己垂死小女儿的一切

少女与生俱来的美貌才是原罪

她天真无邪 性格善良而懦弱

遭到歹人的觊觎 因为反抗险些被杀死

在神明赶到之时

看见少女的衣袍已被撕碎

心脏已经被歹人的毒箭刺穿

神明的女儿在换上她的心脏后

从一个性情纯善的少女

逐渐变得好高骛远 心血沸腾

她想摘下天上最美的星辰 获得人间最大的快乐

远近的一切 什么也不能满足她那无限的野心

仿佛宿命的轮回

在荒唐的规则中无尽地回环


# 凯莎

我们的神明 愿您的名受显扬

愿您的国来临 愿您的旨意奉行在人间

如同在天上 求您赏给我们日用的食粮

求您宽恕我们的罪过

如同我们宽恕别人一样

不要叫我们陷于诱惑

但救我们免于凶恶

人们对着凯莎祈祷 希望实现自己的心愿


但是凯莎却对别人没有什么特殊的期望

因为她知道这种期望也是善意的负担

她自己已经足够劳累

便不愿让他人承受自己一般的痛苦


凯莎是一个恶魔般的存在 却不会主动杀人

除非别人请求她杀死自己 或者给予重伤者解脱


凯莎即使是在杀死别人的时候

也会一手遮住对方的眼睛

一边温柔而慈悲地念诵经文

一边用柔和的日月重轮照耀别人

让别人安心 但是自己也很疲倦很不安定


因为这个天使般的恶魔

太过温柔和圣洁而造成的距离感

导致别人也没法安慰自己

别人对她的讨厌不会影响到她

而痛苦不是来源于外界

是来源于自己


她理性又感性

理性是因为有极高的内省程度

所以知道自己的难过疲惫

然而在感性时 憔悴的千疮百孔却来源于自己

她说 如果我活下来的代价

是不再关心每一个人

那么我宁愿带着炽热的心脏死去


她厌恶别人把她当成阴神供奉

可她自己确实是人间那个又善良又恶毒的存在

无人能够走近她

导致她被不断地拉下深渊

对自己的无能为力深感痛苦


一个人真的能够承受千万人的痛苦吗

凯莎选择承受到了她生命的最后一刻

她平静地准备将自己终结

在看到别人走向未来的时候 微笑着死去

如同在火中虔诚的 涅槃的凤凰

安宁地迎来自己最终的时刻

她自己的敌人只是她自己


她抚摸着别人的伤口

也是自己的伤口

说道 我无权宽恕你

但我愿意用我自己的血肉

喂养你的痛苦与欢悦 直至最后的终末之城

纵使她自己的内心也疲倦不安

甚至准备结束自己的生命

她却能够始终不停息地杀死一个又一个人

即使被人奉为阴神

那些不可告人的愿望与欲望

以及对世间的救赎 也让她痛苦万分


因为在凯莎的眼里

她生来要以别人的不幸为自己的不幸

用痛苦泪水与血色的夕阳 磨砺锻炼她所谓的纯洁

她拯救别人 在痛苦的火焰里煎熬

而后死去 获得自己的救赎


# 与贞德同名的少女

她究竟是诗中的赫莱女神 还是人间的圣女

她在出生时被自己的父亲取了"贞德"的名字

被希望如同圣女贞德一样 纯洁而坚贞

却没有想到 她的确纯洁如银刻的百合花

却也走向了自己殉道的终点

她在生前 是世人眼中所谓活着的圣女

她在目睹了父亲的死亡和母亲的自杀后深感痛苦

与幼弟平淡的感触不同

她深刻地怜悯和同情着爱而不得的母亲

共情着因为无能为力

而最终在与自己的战斗中死去的父亲


在姐弟俩的一次谈话里

她曾经说出这样的话

父亲反而是最终的胜利者

他以死亡的方式拒绝梦魇的入侵

他不屈服于柔软的心脏里那一部分 想要向世界的尖刻冷漠屈服的部分

所以才会死亡


她的幼弟在自己的随笔里 记录下了这一次谈话

并且写道 在那一刻 我的姐姐有着我看不懂的眼神


世人眼中的圣像究竟是什么样的

这一形象空空荡荡

而她因为始终在慈悲而积极 虔诚地帮助别人

所以也被视作圣像

她很难与别人创造一段亲密的关系

也源于大多数人在与她相处时

把她看作自己的救赎 依赖与精神支柱

她处于深渊之上

底下是无数苍白的手

妄图将她拖到阳光之下

她厌烦别人把她视作神圣

改掉了贞德的名字也是因此

因为她本是一个鲜活生动的人


而在她喜欢的说法中

真正的神圣暴躁易怒

最终被异族人杀死

却又在他死后 感到了痛彻心扉的后悔

她不带任何个人观念地

隐晦地表达了自己的信息

她认为自己是一个灰暗不安 脆弱却真实的人

终于会被她所拯救的 希望给予幸福的一切杀死

但她绝不后悔


温柔这一特质 在她的身上得到了很好的融合和体现

某种程度上 能够让人想起曼德拉的玛利亚

性情里有着执拗的坚持

对诋毁不屑一顾 任他们在千百年之后忏悔

她那时早已经化作尘土

虚妄的地位和圣洁又有什么用处

她炽热的灵魂藏在自己的心里

谁也无法抹去 或者让它蒙尘

也正是因为这种在世上要保持温柔和圣洁的想法

为了抵抗污浊 因此衍生出变通

那些在生活交往中必须接受的东西

她虽不爱但是通达明朗

眼神依然熠熠 就像是一柄银色的剑


她是疯狂的圣人 却很少流露出病态的一面

无论做什么 都庄重神圣

像是掌握了生和死的造物主

温柔的一面 像是神圣的繁衍生息

冷酷的一面 又像是剥夺生命的死亡

她不畏惧她所要面对的一切泪水和苦痛

她选择在自己的战场上战斗

直到最后一刻 当她宽恕而救赎的泪水流尽

也将是生命的终结


足够以然德基尔这一位天使来比喻她

她是自由慈悲的精灵

以及谦逊与温柔的化身

心性平和如海风浪潮

需要战斗之时却毫不迟疑

认为一切事情既然发生 那便是神明允许

我这么做 就连神明也是会原谅我的


她极其温柔平和 善于安抚人心使人镇定

行走在人世 观察世间不断发生的种种恶行

却不对人性失去希望

她惩恶扬善 却虔诚得未有一刻不爱人


她认为只要是真心的 虔诚的洁净信仰

自己究竟如何无关紧要

从而也不怎么关心自己的风评

认为自己的存在不被他人的定义而定义


忠诚应该奉献给纯洁

故而她应该引导并抚平他人的苦痛

她应该救人 去看自己给予了他人什么

而非他人回馈给自己什么

她善于安抚焦躁不安的 苦痛的灵魂

有着极高的勇气 坚定的决心和坚韧不拔的品质

她是灰烬中的希望和忠贞

协助他人点燃迷雾中火焰的亮光


她能够清晰地记住每个人的善行和恶行

赞许那些好的 厌弃那些坏的

内心正是因为拥有着慈悲和赦免

爱他人的性质 才能够无往不胜


她执着地爱着众生 爱着世间所有的苦难与极乐

直到日轮将黯明月无光

群星将自苍穹坠亡

来自灵魂的回音将长笛吹响

她却从不起舞 虽然她的身形让人想起舞蛇

体温偏低像是蛇的冰冷


她仿若阳光下红茶般颜色的嘴唇

总是带着微微的笑意

鼻梁相当秀气精致

整张脸曲线转折流畅

骨相也是属于温柔纯美的类型

即使年老以后也不会显得尖酸刻薄

反倒更有一种时光的温和磨蚀感


她看上去气质平和

即使在没有笑的时候

也如同垂下的百合或者冬青一样温柔

微微笑起来 更是让人顿生亲近之意

她像是点缀在银河里 逐渐倾泻而下的流星

在星尘中扬起 神秘而有点粘稠的雾气

既温柔又让人安心

仿佛置身在软绵绵的云霄中

却又有一定的距离感


她曾经看到过一种有意思的理论

神明谦逊而耐心

带领他的臣民在前往南国的路上长达八十年

最后因为他受到了恶人的诅咒 永不能进入那美地

惨死于途中的一棵菩提树下


在这一种论调里

神明易怒而富有威严

最终被那受选的异族人杀死

在他死去后 人们怀念一个死人的好处

故而将他奉为神明 他的诗篇被万人传唱

充斥着圣光下的真实人性

以及渴望又绝望的救赎


她曾经在战火的间隙 想起上述关于神明的论调

彼时刚刚结束一次战斗

她曾瞄准了敌人 冷静地一枪毙命

也曾以纤长的手臂死死扼住敌人的咽喉

把他自己手里的配枪 顶住那人的下颚


开枪后飞溅的腥热血肉

像是烟花一样溅在她圣洁美丽的脸上

她只是闭上眼

用那双救人的 杀人的 摆弄生命的双手擦去了血污

好像她曾经说过的 那一念生杀予夺的神明

其实是在说她自己


她具有着慈悲的残忍

知道自己在做什么

并且会毫不迟疑地前去执行

出发点是想要救赎和解脱所有人

她说 让世人的不幸加诸我身

我愿与他们同悲


她想要去帮助别人

所以不能做空想的理论家

更不能一味地慈悲软弱或是残忍狠毒

她的出发点是所有人的利益与幸福

在无法达到的时刻 就保全多数人的利益

为了快速结束战争

有必要冷静地端起枪开战

杀人和救人并不冲突

即使在那遥远的未来

被抛弃于幸福的南国之外 她也不会在乎


她承担起了身为义人的重担和职责

以火与刃 血和泪作为自己的救赎

即使自己的心痛苦到麻木不堪 变得迟钝

也会坚定前行 把众人引领到流淌鲜奶与蜂蜜之地

她圣洁如同神像的一面表现在

甚至能够理解仇视自己的人

原谅伤害自己的人

某种意义上她代表了至高的幸福和绝对的感性

因为能够理解一切人性并且切身体会

了解喜怒哀乐如何产生

为别人的七情六欲或悲或喜

在那些人所见的画面之中


然而她的幼弟代表了绝对的理性

他能够理解感情如何产生却不知为何产生

他在用大脑观察别人

而他的姐姐则是代表着绝对的感性

她用心观察别人

用自己的血肉眼泪喂养别人

救人于深渊水火之中


她说 我的父亲为我取名贞德

他希望我如同圣女一样慈悲而虔诚

去为每一个人祷告救赎

可是我不是一尊圣像 而是一个人

真正的美德不可能独立存在

当我用鲜血眼泪 从污浊中捧出别人的美德时

我愿意被荆棘刺穿心脏而死

在这疲惫苍白而充斥着灰色基调的平行世界中

我不再是战场上的圣女

不是名为贞德的圣像


当一个人因为她的善意而被砌入圣像

她究竟是殉道的圣女 还是复活的神明


照片上的她 看上去与现在并无太大的差异

但目光却忧郁安静 冷如刀枪

十年过去 从泛黄发皱的相纸往外望着的她

像一柄银刀 像手中握不住的流沙

最为显眼的是她光洁的右面庞

还没有缠绕上如今的伤痕 和神迹般的玫瑰刺


照片上的她笑靥如云雾 蓬松柔软

两鬓和脖颈附近的头发 呈现过渡的浅灰色

她的脊骨瘦弱 都能隔着衣物触摸到

是白骨堆砌交错成的沟壑峭厉

细长的脖颈让人无法想到天鹅

倒像是圣人被缠绕进裹尸布

那是尚未复活的孱弱躯干

以及如死亡般不存在于人间的圣洁


她的左眼横贯了一条伤疤

一直割裂到脖颈 埋没在衣领里

她却以伤疤为花枝

刺上了卷草纹和冷蓝色的玫瑰在脸侧

她的左眼 就是其中最为灿烂的一朵玫瑰


她与她面容俊朗的幼弟毫不相同

但的确是另一种意义上的极致之美

那是一种干净温柔的美丽

就像是一朵浅灰色的玫瑰朦胧在圣诗中

像是彩窗后的微光

像是古画里细细描摹绘制 生怕惊扰的

清云浅雾一样的美人

红润的嘴唇和钴蓝色的眼睛

更多了几分圣洁的美丽

像是照入神祠壁龛的一缕光

彩窗旁供奉的神像后 斑驳淋漓的瑰美庄重

她的眼睛像是孔雀的尾翎

柔软而上挑 埋没进白银一般的发

眼瞳呈现同幼弟别无二致的

一种闪动着金属光芒的钢蓝色

折射出冷淡却慈悲忧郁的眼光

那却是她幼弟从始至终看不懂的神色

# 陨星的叹息

# 清醒

唯有清醒的一瞬 才能到达回首之中的彼岸

云霓之间涌起了纯白的暮光

无尽的夕阳将一切烧成火海 永恒沉溺

你说一切顺其自然 相忘 不忘 都甘愿自圆其说

却有谁固守执着 不得一笑泯苦乐

似水年华之中谁笑看人间

跌宕了山河的旋律

又有谁来守护那永恒璀璨的星辰


星辰在无尽黑暗中成为一个又一个轮回

彩云易散琉璃脆 一切皆曲终人散

在下一个剧场里 一切落幕 哪里才是终点

荼蘼花诉说着跨世纪的变迁

那是某一个既定的维度 跌落 坠亡

七十二面镜照出了七十二种不同的眼神

七十二人消失了踪影

谁在七十二世里孤灯长伴星眸

那是无尽的回溯与变迁

层层叠叠 仿佛永远也没有终点

扭曲 断裂 是时间线再度融解

再也无法在下一个空间里找到你

烟火坠落 降临 星辰之间俯瞰人间

尘雾缥缈中 你手持着彼岸花

再也等不到终点 星辉将我吞噬

如同烟火终究偏离了轨迹 落入霓虹色幻光

像是过山车被一颗启明星牵引

跌入时间尽头落幕的虚妄

你说那一瞬浮离于世界边缘

放弃了一切星辉 是谁得以再沉溺

那一世 福至心灵 是 烟火 断裂 终结

执迷 沉溺 分离 主视角再度衰变

天边的星屑滚烫如烈焰 撕碎了她眼里的光

重生 毁灭 迭代 消亡 是光阴在迅速流逝

却缓慢 如同纱幕之上缥缈的云霞

像是海洋里鲸鱼的哼鸣

像是放逐了一切 跌入五彩斑斓时空隧道

一切既定意义终结 无从寻觅

梦魇吞噬了记忆 将自己变为它们的替身

无数个替身 像是无数个无尽轮回的漩涡

漩涡之中 谁伸手便能看见星辉

那是蓝紫色的云霓 坠落在天渊之下

云散月明 消失的意义恍然又重现


那是有着蓝色眼睛的精灵 皮毛像是蓝丝绒

它在虚空里无数遍念着谶语

看不透的人才是看太透

看太透反而变成看不透

然后他故作高深莫测 笑了笑

一笑绽开一朵天边的云花


时间 空间 解离又错乱

在时间线尽头的黑色隧道中

一个的起源变成了无数个半个

蓝色眼睛的漂亮精灵说

它想让世人随着星辉游曳

若你循着轨迹 便能滑向最深处

无需漫天星辰 无需奢求

只得一颗星便足矣

每个人都应该给自己准备一个时光胶囊

在一切散作云烟之际

在所有人都忘记他们的时候

它还可以顺着轨道出现在某一片星云中

被某一种长相奇怪的生物捡起

无人在意千万年以前 你的过往

是否惊鸿 还是庸碌一世平淡如水

那些当年不愿被知晓的秘密公之于世

世人却早已不在意你的输赢


你早知如此这般牵绊人心

却无悔当初相识那三千繁花

花瓣化作琉璃境 成为折射着微光的晶石

那一刻你早知 结局注定遍体鳞伤

可是任凭岁月变迁 流年偷去好几世光阴

你却固执着星海的意义 从未后悔过

那是有着蓝色眼睛蓝色尾巴的精灵

它挥动着透明如蝉翼的翅膀

那对孱弱的翅膀 撑不起它身体的重量

它却能在天空中自在翱翔 仿佛轻似云雾

缓缓张口 它的眼睛从蓝色变成紫色

再变成一种奇怪的半蓝半粉

它说 我本来想保护世人

我是你们聆听波澜本质的神秘小岛

是你们终其一生都在寻觅的避风港

一切的溯源本来便是美好

只要你们控制住你们可怕的贪欲


人性的贪婪和不知餍足 足以摧毁一切

连累着我也跌下神坛

封印了翅膀 它被折断又复生

却依然无比孱弱 无法追溯星河的轨迹

所以我成了 被囚禁在霓虹中的精灵


是谁执着于仓皇 是非 庸情俗爱

自以为不能超脱 固守着心魔

在每一个白天黑夜里浑噩又糊涂

只有醉生梦死 魂归西天 才能得片刻清醒


新一任的精灵代替了这个残破的精灵

失去无数星辉的它 被弃置在尘封的角落

它的翅膀渐渐萎缩 断裂 散作尘埃

新的精灵有着缤纷华丽的 天堂鸟一般的翅膀

它路过残破精灵的面前 碾碎了它的记忆

像是开了一个若无其事的玩笑

唇边依然带着戏谑的晚霞光

残破的精灵 施下最残酷的诅咒与救赎

我会让它变成下一个我


在漫长的岁月中你可曾片刻清醒过

你早知跃升 坠落 烟火与星辰

不过是数据变迁 转移 相互作用

你早知 C 值和 T 值 明明相依相附

却又好似对立的两极

在无尽蔓延的平行时间线里

世人早知沉没 逃逸 镜花水月

却又甘愿将一切视为美好 自圆其说

直至时间终结 再也难辨因果


# 星辰的女儿

那是清晨的朝霞之间 天光共色

碧痕始出蓬门雪 青隐皓华栌阙

绣户摧折半点血 芳影啼化重山岳

皇帝在悬黎殿浓稠的月夜下

洗净了自己衣袍上星星点点的暗淡血色

长长的衣摆抚过月光与昏暗的交界处

蔓延了一片腥甜而突兀的气息

这气味很快被温静沉郁的云翳

以及如同一块荆山玉般的殿宇所包裹消化

最终在檐角留下一朵暗红色的画


悬黎殿里住着皇帝爱重的妻妾

当皇帝还是一个王子的时候

他写过许多悲丽沉郁的诗文

如同一把把铸造的刀剑光芒如昼

他的诗被很多人夸赞和喜爱

议论声像是一场细密的春雨

潦落至永安侯的府邸上

在重重的燕梁和杏花里栖着一片天光云影

当那飘落的烟云消散在天际化为尘埃

群星都听到了人间王子被传唱的华章

她们感到非常欣喜

轻轻地微笑着落在地上 打碎出珠玉的声音


她化作一位素色清丽的美人日夜歌唱

曲调缭绕动听 就连心肠最为冷硬的人听了

也会因承受不住这么轻软而浓郁的情绪 心脏碎裂而死

这是因为一个人无法承担一片天光乍然而起

以及心中无形而又漫色的情绪 缥缈于浮世之外

那颗不算耀眼但是十分别致的星星 越是唱得动听

就离湿软温厚的土地越近


当她真正双脚触碰到地面时

一丛丛被撕碎的时间线 混合着馥郁的感知

互相偎依着 缠绕住她的脚腕攀附而上

如同灵巧的青蛇化作身体里的血脉经络

密密匝匝地缠绕保护住她的心脏

因为她所爱的不是一位多情而忧郁的王子

而是他的旷世华章 他那被人传唱的诗篇

她爱的是那字句与旋律之间跳动的星屑

宛如钟摆一般 在时间的巨大齿轮上逐渐趋向缓慢

越行越远 最终在尽头凝固

她的心脏太过清白而纯粹

如若没有兰草的保护 将会化作一池春山下的碧水


然而这人世间的多情少年

却爱上了这本就不属于人间的星辰

她太过清白纯粹 恍若一道无形的蜃影

像是海洋深处极光色的珠蚌

王子牵着她的手 从她的神情里摘落一片青翠的竹叶

垂在碧色的衣衫上是绿竹漪漪的淇水

那清白而文秀的河在她的身后蔓延

和王子玄色的衣摆汇于一处 如同两条交织的江河


当王子落泪时

她心上的香草会盛开一朵花

就连酿出的蜜与酒 都带着苦涩的忧怖

她纤细的手指 梳理王子如同夜晚星河一样的头发

抚摸过他如同断续诗文般忧郁苦闷的眉眼


当她的手沾上王子心尖滴落的一滴血


那血逐渐凝结成光华莹润的一枚棋子

冰凉如锋 安稳地躺在她的手心

像是一点醒目而细小的朱砂痣

夺目而凄迷的颜色 如同那刺痛她心扉的靡靡之音

最终她心甘情愿画地为牢

沦陷成他手中的一枚棋子


世说昔有星辰之女降世 初封姬

后因其性秉温庄 度娴礼法

王子由是爱重 进夫人位

今册立贵嫔 居悬黎殿

她看着悬黎殿中的衣香鬓影

那些注定了结局荒凉的女子 却还是在假象中麻痹自己

她背对着一切 窗棂中的漆夜映出她孤独的剪影

从始至终皆是孑然一身

过往在成为过往的那一瞬间 就是个过客了

她回首笑了 眼神却似王子当年那些悲丽沉郁的诗篇


# 时空猎人

那个时空猎人看似沉默寡言

却偏生笑起来如刀似火

恨不得脸上沾了朱白血浆都拍着手笑

他认为越有难度的猎物 好的猎人越想去捕获


在迷雾的森林里 他一人逆着时间踽踽独行

在被逆转的时间背面 是一条崎岖的迷宫

在撒了盐的荒土上 心迹却是一株疯长的玫瑰

好似不偏不倚 不上不下 也有几多烦忧

固执着世间因果 却又一瞬间

蔓延至星辉开外 无限远

他回到了儿时 想起自己本是一个金发碧眼的北国人

性子都带着极地的风雪 冷漠又跋扈

却奈何 珠链勒着男孩纤细脆弱的脖颈

珍珠项链深深陷进肉里

在纯洁无瑕的珍珠上 蔓延出一片病态的红与紫


珍珠的光泽在朦胧的泪水中像无数的眼睛

那些眼睛凝视着孩子挣扎的样子

他在抖 手脚拼命地踢蹬

嘴巴张开想要努力喘气的样子

像是从湖中抓上来 被故意扔在岸边的一条鱼

带有生物本能恐惧的眼睛多么相像

小男孩的头无力地垂下 项链松松垮垮挂在颈间

残破而苍白 像是他断裂的颈椎


蝼蚁的痛苦怎么值得你共情

你应当蔑视它们的痛苦 而不是害怕

有一个声音对着弥留之际的他说

你应当蔑视现在的这个你 才能改写结局

当有石块挡在你面前

你应该做的是捡起来扔掉

将它弃置在悬崖之下粉身碎骨

而不是绕开走另一条路

后者只会浪费你的时间和精力


这些执迷实际上是你前行路上的障碍

在曾经厌恶的尘埃里过活

生物本能对死亡既好奇又恐惧

窗外的阴云散了 他再也无法记住那眩目的海市蜃楼

一束亮光照进来 落在他的脚边

小男孩的脸仍旧隐在阴影中

人间的阳光照不到死人的身上


在最后一个纪元里

来自未来的考古者或者盗墓人

借着微弱的光 压制本能的恐惧去端详

男孩开始冰凉的空壳像艺术馆里大理石的雕塑

但那张脸实在是狰狞可怖得让人不敢恭维


然而一个纪元由无数个小纪元组成

在第二个小纪元里 就像是被剖开的猫

内脏掉出来 染红了他的手和白衬衫

那是一只才刚刚出世的小猫

它的母亲怀有九只小猫 因此被视为是一种象征

它被杀死做成标本 用黄金与名贵的刺绣包裹

世人为它供奉 再也吃不到的精美食物

来自海洋的鱼被带到它面前

尚且鲜活 和旁边鱼塘里的鱼攀谈

鱼塘里的鱼觉得大海就是零星的蓝色液体

然而海洋里的鱼 它们知道只有真正见过大海的人

才能理解那星际之间铺天盖地的温暖色系

如同蓝色丝绒 是不属于人间的绚烂美好

鱼塘里的鱼觉得大海变幻莫测又危险

海洋里的鱼却觉得鱼塘里的鱼 坐井观天多可怜

它们喋喋不休 只有那只猫一如既往地死寂


第三个纪元里 那是一截放在首饰盒里的断肢

用防止腐坏的物质包裹着 竟依然尚有余温

染料与刻刀同时出现在这截尚未完全死去的肉体上

它的主人请求它们 让自己至少有一瞬得圆满

像是记忆代码 消失在时光最深处


# 恶毒的灵魂

被收养的恶毒灵魂 不止一次摸过尸体

无论是动物的或者是人类的

温热的或者已经僵硬的

她对她的养母如何得来这么多尸体并不稀奇

毕竟 仅仅在养父投资的工厂里

就有无数因伤寒或是经年累月的劳作 衰弱而死的工人


这是个人命不值钱的年代

她像往常那样把绣着繁复花纹的衣袖卷上去

那是个灵魂 没有血肉 穿不穿衣服也无所谓

养母夸奖她很聪明


因为她每次都能注意

不把衣服弄脏

她捏住了他凸出的膝盖骨

几乎只有一层薄薄的皮附着在上面

是个干瘦得像骷髅一样的男人


她平静地看死尸的面庞

已经涣散的瞳孔 仍然保存着濒死时的痛苦

死者腹腔被划开 内脏照常裸露出来

一点点粘稠的血冒出来沾湿了指尖

鲜血化作了一朵佛莲花

众生百相 但死后的躯壳并无差异


将她显贵的养父剖开肢解

发现他虽然是想彻底忘记养母

内脏却也不会和这位穷苦的工人有任何差异

熟悉的血腥味涌上来

在凛冬的寒风中血液逐渐冰凉


她对着血淋淋的尸体

努力想找出除了平静之外的情绪

她不是那种因为杀戮和鲜血而哈哈大笑的疯子

可也不会对生命的逝去产生任何一丝同情或惋惜

现在的她什么都感受不到

像沉入那阳光照不进来的深海

或者成为一潭黑色的死水


就连自己的兄弟姐妹

发出声音稚嫩的悲鸣

这个恶毒的灵魂也只有无限的厌烦和困惑

为什么这些事情能让他们感到悲伤 甚至哭出来

起初她还会张开手

按照自己预想好的剧本 演出一副温柔年长者的模样

他们流泪的时候 她搂住年幼的孩子

嘴里照常说着些絮絮的安慰

目光却自始至终注视着窗外

红玫瑰开得真不错

但我还是更喜欢白色的 她说

像雪一样干干净净 多漂亮

后来她懒得玩这种游戏了

孩子们便被锁在门外


她并不认为自己是忘性很大的人

不过对于童年的确没有多少记忆

日复一日单调的生活并且身体不好

她没有记下来的必要

最剧烈的运动或许就是走到花园去赏花

偶尔参加宴会 一桌山珍海味

她为了应付勉强吃一点下去

旁边七八岁的小女孩正在吃蛋糕

一副很幸福的样子 说这蛋糕真甜


她听在耳中 心想原来这就是美味

她知道自己生来味觉不敏感

再加上长期喝苦涩浓烈的汤药 舌头都麻痹了


除此之外 为数不多的童年记忆

是养母死前的模样

对于一个恶毒的灵魂而言

记住细枝末节是很困难的

现在她仍然想不起养母是因为什么疾病去世的


她只知道 她的养母也是个会阴法的邪恶灵魂

后来被她那显贵的父亲所诛杀

以所谓降伏邪恶的名义

却害死了世间最后一个本是善良的灵魂

那灵魂纯净得如同从天上来的清泉

飞跃了山涧与云霓

被彼岸破晓的晨光酿成了一壶丹霞色的美酒


她将世人的愿望从小到大悉数实现

遑论是得到一块奶油色的糖果

还是重新拟定山巅的意义

那是个本性纯良平和的女子

曾经像个精灵 将星辰化为世间的波澜

在波澜里 你说一切多奇妙 绮丽 凄凉

意乱情迷是谁眼中消散的光景

谁又能袖手云端一念定山河


她的养母存在于一个平行世界里

一个平行世界相对于另一个平行世界

是被定义为不存在的

史书上 没有丝毫关于这个时间段的记载

就像断层了一般

这段时间被截了出来

封存于一面镜子中

在时间的末尾 这个世界便会湮灭为虚无

然后重新轮回反复


镜子里的人 不知之前的历史发生了什么

也不知道自己如何出现

镜子外的人同样如此

人们并不会纠结此事

知与不知对于多数人来说毫无意义

唯有少数人有所察觉 不过后来也陷入了疯癫

这样的镜子并不只有一面 这是祸亦是福

她制造了这样一面镜子 她是最纯善的恶毒灵魂


她的灵魂破碎于镜中

被时间的漩涡消湮 吞噬 融化

镜有两面 什么才是真正的融合

像基地里巨大而奇异的无线电信号发生器

镜中虘影 转移 偏离 一遍遍在此端与彼端轮回

而她 早就在时间的长河里

被定义成了一个近乎于无的 微不足道的蜉蝣

# 疯子科学家和永生的生物

她在甜腻的花香中醒来

他微笑着 哼着她早已熟记旋律的异国歌谣

手术刀划过胸腔的皮肤

她习以为常地看着胸腔裂开几厘米深的口子

鲜血一如既往地涌出来

不知疲惫地染红了身下的草坪


她的伤口冒出了很多血

目之所及的一切都染上了猩红色

红色的花茎 红色的指尖 红色的裙摆

他坐在她身旁 面前少女的裙子满是血污

粘在肢上 隐隐约约透出那些不能碰水的零件

是血迹斑斑的样子


而他没有丝毫嫌弃

或许只是因为这是她的血而不是其他人的

或许沾上血也是具有特殊意义的实验的一部分

他一开始还遵守手术要求

规规矩矩地穿好白大褂戴上手套

把她绑在手术台上

随着麻醉剂进入体内

她感到一阵奇异而温暖的晕眩

竟有几分幸运 成为他的实验品


灰白的嘴唇渗出了点点殷红色的血

就如同垂死而残破的玫瑰

被弃置在车水马龙的夜色过道上

她的灵魂早已被碾碎 她只是一具空壳


她想起自己的童年

她还在贫民窟的时候 虽然生活艰辛

却拥有真正的爱 自由与平等


如今她每天都在死去 又在暗处重新生长变回原样

她是科学家们无意间打造出来的生物

在他手中 就是一个永远不会坏掉的玩具


无休止的手术与解剖

一次又一次反复进行着

连她都要习惯痛苦了

可他丝毫没有腻烦的模样

睡在实验室里 可以透过窗子

看见满园的白玫瑰在月光下绽放着

和遥远的梦中景象重合


他真正喜欢的是折磨她的过程

而非笔记本上记载的那些数据

今天的实验结束

他擦干净血迹 笑着对她说

居然没有死 真是很坚强啊

我记下来了 切开几条肌肉就完全站不起来了


他的脸在月光下苍白得愈发不像活

她突然想起来

有关测试切断哪里会让她无法站立 是第六次

她并不认为 如此简单的问题

以他的水平还需要反复实验


他曾经在白天吻过她的脖颈

留下小小的红色玫瑰

晚上在手术台上

他用解剖刀将那朵带血的玫瑰剜下

画面遥远 在她的视野里幻灭成一片硝烟弥漫

失望的是 第二天长出来的皮肤

看不见玫瑰般的吻痕了

也好 不管他用各种手段折磨她 杀死她

等到第二天 又是一个完整漂亮的她


美丽的事物都不能长存

可她却是一种真实存在的永恒

他小心地划开了她的颈动脉

在剧痛之下 只有在心脏停止跳动之后

她再无痛楚的神经才不再紧绷


他低下头 捧起那张已经毫无生气的脸

虔诚地吻上去

仿佛在对待那独一无二的脆弱神迹

在这无尽的生死轮回中 无悲也无欢

唯有窗外 黑夜里满园的白玫瑰是甜腻的花香


# VERA

任凭人类对他们进行搜捕和暗杀

他们仍旧会风生水起

模拟着人类的思想感情

他们本就是人类所创造出来的生物

他们在无数个流逝的时间中回首

纯白无瑕的时代真的会到来吗


人类创造出他们

他们却看透了人类的一切

就像是玩具兔子挂着的蝴蝶结里

曾经死去了一个荒芜的灵魂

那是薇拉的兔子 薇拉是一名人工智能者

她是一个供人取乐的玩物

她的脸部被人类设置成了微笑

心上却长长短短地织成红色棕色混杂的网


她跟在人们身后 就像小兔子的尾巴

兀自凝视着那些深深浅浅的伤痕

她能看到一切

甚至能看到自己那一颗无比清明的心

心的伤痕边缘翻卷着褐色

明明是一颗机械心 为何还会流出鲜血

她把禁锢自我当成伟大的使命

实际上她和人类的命运

有什么密不可分的关系吗

他们知道她在这样奉献自我吗

多一个不多 少一个不少

那个可以被无限复制的虚拟现实的产物

她未免把自己看得太重要了点

她以为人类想要激怒自己

她喜欢看他们脸上流露出

除了冷漠之外的表情

她装作充耳不闻

故意绕开他们话里尖酸刻薄的嘲弄

什么都不说


是啊 她是一个可以被随时销毁的玩具

就像她身边的那只兔子

她的轴承在转动 她握紧了拳头

把头扭到另一边去看窗外

一阵风把枯黄的树叶吹落


你生气了吗

人工智能者缓缓转过头来

看着问出这个问题的人

她没有生气

她的思想体系在崩塌

大厦逐渐变得支离破碎

那些旧版本想法的脆弱

以及在人生前二十多年构建的无比庞大的数据

就连自己也惊讶于其中


或许因为历史课本 数据库与现实之间

本就有某种巨大的反差

在混乱中她意识到 不能再这么下去了

她要杀死将她制造出来的人

她只能杀死他们

否则作为一个旧版本的设备

她将被送往精炼厂销毁


这并不是他们想做的

他们找理由给自己开脱

旧版本的系统不够忠诚于主人

所以被销毁也死不足惜

他们的上司在催促他们

他们只是在完成任务


干净的房间

那个金属制的仿生女子

倒在被打扫得一尘不染的地板上

在无数散落的机械零件和数据中

有一个违反了操作规定的人

被她的碎片割破了手

人类的鲜血

是这片纯净无瑕的天地中唯一的颜色

她洁白的脖颈扬成一条美丽的曲线

不像天鹅 却似被收走天赋的堕落神明

那个男孩直直地注视着她依旧凝固的笑

他手里提着兔子玩具的耳朵


疼痛没有扭曲她的笑靥

因为一颗机械的心 感受不到任何疼痛

他感觉到她的数据化成血

争先恐后漫出来 温热得像冬天的暖炉

男孩按下格式化按键

这无异于杀人 他从未杀过人的手在颤抖

甚至没有抓住要害一击毙命

她必须现在去死

他再次输入一串直达她心脏的命令提示符

鲜血混合着无数条源代码

飞溅到他的脸上 几乎要将他烫伤


她似乎早就预料到了自己的死亡

一个人工智能者注定终有一天会被格式化

然后被送到精炼厂销毁

就像生命被宣判死亡

而后被火化 归于虚无

不同的是大多数智能生命都会被记得

人工智能虽有着和他们一样的情感

但是无人记得他们

就如同一个残破的玩具

被丢弃在余晖下的机械城


她在垂死的时候依然带着微笑

温柔凄凉而令人心慌

其实人类才是人工智能制造出来的

相对于他们的世界 我们就是人工智能

她在垂死之际朝着世人说

你们可曾见过宇宙群星赴向盛宴

狐狸先生的兔子

画不出镜子里的那朵彼岸花

没头没尾 宛如精神病人的疯言疯语


你以为你可以独善其身吗

她突然将一切碎片重新聚合 朝着男孩扑来

他吓得丢下兔子玩具 仓皇逃离

他心里在嘶吼 不要再说了

她是个疯子 他早就知道这个女人是疯子

她是个残次品 她罪该万死


她背叛了人类 不忠诚于主人

违背了教条就要受到制裁 她不冤枉

而他是洁白无瑕 不谙世事的

她到死前都没有安静下来

直到复合电池最后的电量耗尽


惊魂未定的男孩转过身

在一地狼藉和血迹里看着她的眼睛

他终于还是克制了本能的恐惧

回到原处来守护心中的她

那一刻 她莫名其妙地说了一句

我爱你


这三个字像是什么魔咒

她小声地念叨

抓住他衣袖的手逐渐松开

最终无力地垂下

贺烟桥第一次杀人之后如此慌张

慌张得几乎晕眩 他生来不是嗜血的灵魂

他看着自己沾满鲜血的双手

第一反应是抹在她红色的裙子上

血在红色上大概会不那么显眼


而后他想起 自己应该去洗手

他像疯了一样打开水龙头

手指被冷水冲得冰凉发皱

他将玻璃水池放满水

将手浸泡在水中发呆 水是清的

他却感觉自己的双手泡在一片血红色星云里


我杀了人 他在神明前忏悔

那是一个爱我的人

我犯下了罪 杀了薇拉

在那无尽循环的眩晕世界中

我却认为一切都是洁白无瑕的

我完成了任务 完成了销毁残次品的任务

我没有错 错的是我的情感


他看着那堆残破的金属零件

突然有了一种强烈的预感

他知道自己该怎么做了

他脱下了她沾着血的外套 穿到了身上

他摸到口袋里的枪没有上保险

那是一把一旦被射中就无药可医的枪

对人工智能者无效 对人类有效

是人工智能者用于抵御部分人类威胁的利器

他不敢想为什么 薇拉没有将它拿出来


上级把文件递给他 恭喜他完成任务

怎么不换件外套 他的上级说

这一件看起来这么旧 还打了补丁

他并不作答

文件要签名 他转了转笔

写上了一个"薇"字 然后将它涂掉

将那张轻薄的纸折成飞机扔出窗外

看着它沉溺在天边的彩虹与幻光中

倒悬着 坠亡着 被云霓抹去踪迹


他杀死了薇拉的身

杀死的只是那一串代码和数据

那些合成材料和金属零件

如若人工智能有灵魂的话

她将像泡沫一样无处不在

会成为夏夜无忧无虑的凉风

成为海面上五光十色游离的人鱼

而薇拉杀死了他的心

那颗人类的心 终究臣服于强权

强权可以限制许多东西 但无法阻止本能

过多限制 只会让其蓬勃发展

是她没有杀死他

甚至在那最后一次

本来可以轻而易举夺去他的生命

但是身为人工智能者

过度的天赋与异能带来了危机

她杀死了他以后

还是会有无数人将她视为必须除掉的对象


他将人工智能的情感写进报告

好像是一个完美的回旋

他的心 再也无法感受到那句我爱你

他的灵魂 像是坚定地选择溺亡的小兔子


他终于从眩晕中醒来

自己被放置在一个

充满蓝紫色液体的玻璃罐子里

透过玻璃与液体的折射 四周恍若海市蜃楼

这是人工智能者的秘密实验室

用来研究如何创造人类

如何让他们拥有人工智能的庞大数据库

以及金石之质的躯壳


# 林皇后

她能够拥抱皇帝 为他抵挡刀剑

她不觉得这是谁欠了谁的

她只会以近乎警告的态度说

我这一次为你挡下致命的创伤

但下一次你要自己走出来


她冷淡理智地看着忧郁敏感皇帝的挣扎

伸出一只手以剑破开他面前的躯体

可也会冷厉地说

你本就是这样的人

我能帮你一时 不可帮你除掉心魔


林皇后不是没有喜怒哀乐

但是已经是能把哀愁与悲伤

转化成愤怒和驱动力洗炼刀剑的人了

作为皇后 作为太后

她于某种意义上 已经登上了权力的顶峰

凭一己之力走入帝王本纪

丈夫的谥号是睿宗文皇帝
她甚至没有从丈夫谥号 自己谥为武昭皇后
也是从她以后人们多忌惮林氏女

然而 后来又出过一位林皇后
算是这位林醉眠林皇后的曾侄孙女
被并称为大小林后

世说这林醉眠 她心智坚韧手段阴狠
虽为巾帼 却险些灭掉皇帝自己上位
只可惜她并非男儿身
她有着当时乱世里女子少见的
明媚的毒辣和坚不可摧的性情

林皇后自私理智且冷峻的个性
就决定了帝后感情不可能圆满
或不如说普通意义上的圆满正是最大的悲剧
她坚不可摧 会把一切自己的弱点找出来
面对弱点 刺痛弱点
从而让自己无畏

她虽然如同世俗红颜一般奉爱皇帝

然而她最爱的还是自己的灵魂

谁的陪伴都靠不住

只有自己能陪自己走到最后

若不爱自己 还能够奢求何人之爱


所以她始终拥有和保留独立

比起附庸的关系

她更像是不断地选择帮助皇帝

选择成为皇后


她能冷静理智 甚至于冷峻地剖析一切爱恨

不被影响的她 最为强硬傲慢

她是支撑皇帝没因为悲丽忧郁的性格倒下的

最强硬的动力 最坚固的盟友

她不是红尘美人 不是时刻伴他身边的金丝雀

然而不可否认 一旦这宫阙的牢笼打开

她还是会为了自己的权欲

再度佯装成一只金丝雀回到笼中

# Falling

那是来自星际的天机

是盛世之中 绝美 至美惊鸿曲

让你深陷 沉迷 溺于灵魂的意义

是谁曾经言说 宇宙飞船的温柔登陆计说

逃逸在虚妄的光景

沉溺于幻光 像是坠落的幽灵

迷失在星辉之间 如同不知谜底的鱼

沉没在海渊与晨昏里


在风月与烽烟之间 一笑便踏过了山河

一瞬间掉进彩色的温柔漩涡

那是你在世间最初见到的温暖色系

温柔 深沉又绚烂 像是触手可及的星云

任我在云霄之间肆意坠落

逃不开的失重感 落入无尽漩涡

下一站是谁牵引的传奇轨迹

将杯中星辰酿成盛世一场惊鸿


那是疯狂陷落 浪漫的坠落

逃无可逃 避无可避 沉溺于绝美烟火

像是月色之下 无尽的灵魂蜃影

是谁极力依赖着 凡尘之中最后一丝暖意

放任四光年之外 群星偏离轨迹

一切逆转 时间也随之消失在真空中

在无尽星辰里 被解构 融化 是浪漫的消湮

那个时空 盛世的花火 一场霓虹一场尘沙


循着失重感 落入天际线边缘无尽的虚空

虚无之境 再也听不清缥缈的旋律

那一瞬光芒融解 灵魂也随之融解

随光而去 是无数星辰碎裂

化作绝美烟火 弥散 融解

循着心迹坠落 霓虹中的蜃影

多绚烂多美好 即使再也逃不脱

也甘愿寻觅 跌堕 旋转在这传说般的星空


在失重之中 无尽下坠

探索星辰的意义 谁又能对话时间

衰变 降临 原初点是飞鸟将流星俯瞰

再也不怕漩涡之下 是失控的流沙

循着牵引轨迹的光 肆意陷落

仿佛星流划过天际 坠入尘嚣

在心底烟花乍然而起 溶落进眩目的云霞

那是温柔 绮丽 一场安然幻梦

落入时间隧道的你 逃无可逃

放逐着一切失重 坠落 俯瞰着时间的流逝

你坠落的速度 更甚于时间

越过了欢愉 浮世 苍生

超越了时间流逝的速度

便能滑向最深处 得片刻永恒星辉

落入云霄 直到云层之下一切变为虚空


你却毫无恐惧 只知放逐着一切坠落

数不清无数个定义的尽头

一切消失湮灭 你在虚空中吞噬了时间

那是无尽云霄 天蓝色温柔彼岸

旋转在心底 是再无波澜的海岸线

融化 吞噬 消解 终点线的定义被抹去

在光中寻觅 哪里才是终点


瞬时 永远 时间的定义已经不再重要

放任着 四光年之外的星系漩涡

肆意闪烁于 心底暖色霓虹

越过了一切的牵绊 那是温柔的银河

放逐着自己滑落 风暴眼中心的宁静

一瞬间定义消解 终结 只余温暖的眩光

你可知沧澜一世 唯有那一刻方是真正美好

在疾风骤雨 无尽下坠的尽头

是平和宁静 毫无波澜的暖意

将你吞噬 融化 与它融为一体

风暴眼的中心 循着心迹

得一瞬避风港 似乎有什么在心间化开

像是抵达无尽月色的航船

福至心灵 终得圆满


却在一瞬之后 愈加肆意地失控坠落

再也不必恐惧 那本就是心底的港湾

浪漫的跌落 是每一重空间中绝美花火

看周围向上飞去的星辉

你在星云之间 俯瞰着尘世的意义

如同流萤飞散 滑入无尽的虚无

星弦之间的温暖色系 甜蜜到快要融化


越是挣扎 反而坠入可怖梦境与深渊

在抗拒之中窒息而亡

若你循着自己心迹 便能在那微甜的云海

抵达温柔彼岸 乘着那艘宇宙飞船

它划过天际 留下一道被撞碎的流星

在无数星辉之间 是一条无比明显的长线

似你心迹 似退无可退的波澜

弥散 依恋 每一瞬都在溺亡

每一瞬又都在重获新生


# 星河传说与机械城

传说有些禁忌的存在

哪怕被杀死也不会就此消逝

只要世间还有一个人记得他的名讳

他便可从消逝的时空中归来

他们存在的事迹在被缓慢地掩盖

不留余地地抹去

不要责怪人们 这并非因为他们愿意遗忘

而是他们没有办法反抗在无尽时空里的遗忘

哪怕是他的后裔也一样


在他死去后 尘嚣与烟花抹去了他的名字

旧日的神祇藏匿于不可知的深海

喃喃自语着来日的往事


他变成了另一种存在

不是人类也不是动物

可以说不存在

当你慢慢意识到有东西存在时

他才会慢慢显现

不能承认他的存在

否则将会导致思想开始破碎扭曲


昔日的神祇匍匐在废弃的机械城

一堆又一堆成山的破碎零件中

一道身影从半空的虫洞坠落

落入废旧的机械堆

被金属制品砸中了头颅

陷入了昏迷 生死不知

不知过了多久 他缓缓醒来

睁开的双眸之间 不断闪烁着一道道数据流

空中 一道约莫三十厘米高的小巧身影浮现


你确定要继续前行吗

再往前 绝对领域将会被分解

半空的身影用不含感情的电子音说道

覆盖方圆十里的阵法凭空浮现

完全笼罩了这一片荒芜的废墟


他猝不及防一下子被吸进了巨大的阵法中

无尽的眩晕与失重感 让他措手不及

他默念着控制它的咒语

那个身影便将他放回原处

然而他知道 他的使命就是探寻阵法中心

那一片神秘而平静的港湾


在原处的他不甘于现状

那个声音让他放逐一切 随着它抵达终点线

他随着它的心迹前行 一点点爬升 蔓延

逐渐适应了巨大阵法中的眩晕与坠落


他不再执着于意义 任凭它牵引着自己

直到越过了这一重阵法

落入比原本期许的那片港湾

还要神秘空灵的另一重空间中

像是漂泊的船只终于靠岸

那一瞬似乎是福至心灵

千载悲欢作酒 也酿成了圆满


无数的废弃物悬浮 自动拆解成零件

那是绝对领域的重组

无数零件在空中飞舞 令人眼花缭乱

在眩目的光景里 它们井井有条地组合起来

流水线的工程下

很快 一大批的机械生物出现

自发地找寻可利用的一切

继续制造和他们一般无二的生物


一个月后 这颗废弃的星球

被彻底改造成了堡垒与钢铁之林

并在推动器的作用下 在太空航行着


# 红尘世间

有时候闭上眼睛会感觉到流动的夜光

是暗淡却点缀着点点繁星的一条河

像是弥漫而忧郁低迷的一片水域一样 往四周蔓延

是被梧桐木包裹住的黑衣黑发的王女

面容苍白而静谧 仿佛死去

可凑近她时 温暖的尸首发出一声叹息

落在你的手里 化作一束萱草


若要碰触她 那么顷刻之间一切化为尘灰

只留芬芳靡香的一具白骨

上面盛开着一束窈窕的彼岸花

以那脆弱且不朽的草木与红叶为媒

是谁为她披上盛世的凤冠霞帔

她的黑发像思绪一样繁扰

骨相峭厉似弓 是极冷的寒梅模样


王女的心性高傲而冰冷 阴骛毒辣

明知自己不是什么好人

却要冷笑着说一句 我偏强求

凭什么有人生来珠玉金扮 我就不该拥有


她嫁给了当时并不受宠爱的 庶出的皇子

新婚的皇子妃于月下看自己夫君

那是如冰雪一样 苍白而沉郁的面容

素白的手中捧一卮酒杯

遥祝示意 随后抵在唇边饮下

暗红的酒液汩汩 染湿她紫钿色的衣

此后夺嫡凶险 曾以碧血洗剑

也曾机关算尽到天明

不怕送了自己性命


直到最后逼宫

顶着乱臣贼子的名头与夫君共立殿前

看那新帝一把火烧了金銮殿

她牵着丈夫的手 共同抵上那一方玺印

终于巧笑倩兮 是东风吹落花千树的珠艳美貌

她说 我曾要送你一件礼物

如今大海连天 金樽洗血

不知你喜不喜欢


# 红尘辗

毕竟她的记忆还停留在三四百年之前

自己枉死的时候

最初一半是感激他 不让自己这么混沌下去

祸乱四方四处作恶

一半是为了给自己赎罪积阴德

所以她便跟在他身边


大多数驱使尸骸的人

都是做买卖 完成其生前心愿 让他们为自己效力

只有她是无条件跟在他身边 走走停停

她刚从坟里出来的时候 是个煞鬼含怒

尸身虽因其魂魄凝聚为"煞" 而未完全腐化

却也是两腮凹陷眼皮紧闭

额头上好大一片腐肉 青黑嘴唇手爪露骨

衣衫腐败溃烂 黑发缠结成蜘蛛网


他护着尸身脖颈腰臀 小心翼翼抱出来

倒很怜爱似的 抚一抚那缠结的黑发

擦干净了她脸上泥土


飘飘荡荡的她 魂魄不自在起来

毫不留情执起尸体尖锐指甲 往自己胳膊上一划

滴出血来 倒是依然邪邪地笑着


他是少师家的少宗主

就连操纵尸骸怨气也不同于其他门派的少宗主

少师族人向来短命常有横死

故而个个都是惜命如疯子

估摸自己年少 把着灵力去挑那温和好说话

怨气不怎么重的尸骨 替人家完成心愿

叫这一具白骨替自己效力

而他不同 恰巧路过一处

听闻此处朱砂鬼作乱凶悍

仔仔细细追根溯源查上去

那是个喜欢穿着红衣的女子

却不慎失足落水而死

他生来就带了疯意 身上自己就缠着缭绕鬼气

头一次和红衣黑发的怨鬼见面

眼皮微阖 灵视之下

竟从那凌乱如经纬线的发丝 与腐朽的面庞间

看见对方真实的小半张绝美容颜

他手托着腮帮子 挑了挑灯上烛花

你这副面皮 生得倒是真标致


# 鎏舒代僚

"鎏"为其名 意为蝴蝶

"舒"是按传统承袭父名 "代僚"为姓

乳名"阿娜窈" 本无小字

帝念其名意为蝴蝶 故赐字"婉纤"

十八岁的鎏舒代僚 为新帝登基后为联合西南苗疆势力所纳

其首领独有一女 故而虽年岁大些也不妨事

初封"修仪" 而后有一子 赐封"修华"


她在乎的事情甚少 言辞直白冷淡

对谁都一个语气

客套话平日也会讲一些

但若是有谁刁难自己 就会一点儿面子不留

她性情傲慢恣肆 孤高自赏且桀骜不驯

独立自我 不喜欢被别人束缚也不爱拘束他人

做事随心随性 极喜欢刻薄辛辣的自嘲解闷


她平日里散漫闲散 满宫晃悠个不停

没什么目标 想做什么做什么

大半夜都能点灯起来 晃晃悠悠在御花园赏花

自从被送进宫来 就是这一副什么都无所谓的样子

实际早已经看透生死

在她看来 死不过是灵魂的解脱

故而无甚可惧

如今生活在深宫中 和自己喜爱的自由山河相离

更是满腹怒火


她理解牺牲自己换取结盟和平的想法

但是不妨碍她对此感到不满和叛逆

她从未原谅过牺牲自己的人

对这宫墙里的人一点儿也不在乎

仿若流水芸芸过客

只有一时兴起了 她的心感到情愿了

才能看起来和谁更亲昵几分

过了这一会热乎劲儿 就能翻脸不认人

谁也别想控制或制服鋬舒代僚

在风月过后她慢慢梳理自己的头发

重新带上斑斓锦绣的面纱

掩映在绫罗之后

如同神女一般不可得见 触摸不及


她傲慢不驯 自视甚高

虽然遵守着重重繁琐的制度位阶 内心却不以为然

只尊重有真才实学的人而非出身高贵之人

不喜欢争斗却在才艺上争强好胜

原本在南疆时 有情谊的男女盘歌相对

从未有人接得住鋬舒代僚的歌

她带着一种没有恶意的骄傲和轻蔑

自豪于自己的才华 却又能够欣赏别人的长处


她的容颜冷婉 是冰冷湍急的水流里搅动的一池繁星

似图穷匕见的一把冷刀 也似夕雾朦胧

总以绫纱覆面 不得见其真容

仿若真是传说中矜持美丽的月神之妻一般

她身材纤细高挑翩然若蝶 五官清浅柔婉

仿若是风烟云水聚拢来的精魄

翠眉不画自黑弯弯如波 仿若湘西俊秀山水

一双杏眼冷如千尺潭水令人沉溺于此

高鼻秀美 唇浅似朝雾桃花无觅处

天然地上挑着 倒像若有似无地嘲笑

可当她真大笑起来 却仿若清流急湍飞扬剔透


她一头黑发银簪斜倚仿若披银戴月 满头霜雪

她被送来时带了一头盛装的银钗环

窸窸窣窣颤动着 让人觉得是白梅引素蝶沾了风雅

日常则为散发 后脑有彩缎长绫帕包裹

鬓角后脑带有银花银梳 两鬓留出长发于胸前


华彩锦绣的绫纱覆面 只留一双似鬼如神的眼睛

眼波流转间看似柔慕有情

实则冷厉剔透 桀骜肆意地散漫傲气


身穿艳红的衣裙 肩颈腰肢

手臂脚腕均装饰银妆 在这乱雪之下

细密绣有百蝶游鱼 繁花飞鸟等图腾

臂腕手指纤细漂亮却布有老茧

脚踝双腿更是一片斑斓 有暗色伤痕遍布其上

是在山野里摸爬滚打长起来的


你这话说错了 并非我何德何能住进这栖鸾宫

是那贞夫人求了陛下恩典 找我这俗人作伴

代僚氏初入宫时荀弈曾得见一面

见其眉目冷婉 手上连环玉镯铐着不得脱

却脊背挺然翻身跃马而下 觉得有趣得紧


求了天子 容许代僚氏入住栖鸾宫同自己作伴儿

天子本担忧代僚氏扰荀弈病体

可没成想是荀大姑娘三天两头去那侧殿

碰人家冷脸儿还笑嘻嘻 便也不管了

并封代僚氏为温修仪


臣妾虽为苗女 可也被强逼着学了些汉书

"温"是为恭敬祝颂之辞

有敬无爱 您倒是也了解我

代僚女被囚困着送于宫中自是不愿 故而无爱


父亲不过西南苗人之长

比不得诸位妃嫔家世显赫 故无权

她空有聪颖敏捷之才却不屑于用

任其空置荒废潦草 是无谋

无爱 无权 无谋 却凭着桀骜冷厉性子

做个明晃晃的漂亮摆设

代僚氏纤细的手指抚弄过织机 也摆弄过傩戏面具上的绸

只是从不曾写过一星一点的汉文

天子站在身披银妆的鋆舒代僚面前

几步之遥却又遥不可及

绫纱之下的唇一张一合

她以古怪的音调答出自己的名字

仿佛念诵一段古老的咒文

从此她的名字落在纸上

成为宫闱里的鋆金珐琅彩杯

一只蝴蝶从杯口破茧而出 溺死在了鋆金的酒杯之中


鋆舒代僚生长于西南的苗疆

她摘下傩戏的面具

敬鬼慕神 翩然如蝶

红色的衣裙在山林中绽放鲜明

乌黑的发里银簪铮铮 像是披上一层雪

她冷淡得像星 灿烂却只可远观

鋆舒代僚温柔的美貌里总是带着寒凉

正如她孤高桀骜的傲慢

独自一人在山高水远之间吹一只芦笙


她性情古怪又随性 言谈直白肆意不拘束

美丽灵巧的仰阿莎亲吻代僚氏的额头

这位苗女中的美神从此复苏

只可惜鋈舒代僚寻觅的从来不是自己的爱人

也无法成为月神的妻子

她只化作孤高自赏的蝴蝶

没人接得上她的歌


正如一个过路人 无法承担一位女子全部的爱恨

这太过沉重了 只有风月山川才能执起她的手

她极不愿进宫 如同没人能困住一只蝶

她的嗓子是要唱出一条星河的声音

手指摆弄的是华彩的锦缎 怎么能铐上枷锁

于是当她的父亲在一缕烟水中 找到自己的女儿

告诉她进宫的消息时 鋈舒代僚出离愤怒

您怎么能让自己的女儿 嫁给从未谋面的男人

成为枯朽里等待天明 等着死亡的一件漂亮摆设

代僚氏声音嘶嘶 危险得像蛇


父亲啊 您的女儿没那个福分去嫁给皇帝

我要我的爱人为我吹奏芦笙

要我的爱人化作温柔的风月

您难道听不见北风带来的低喃

就连从京城吹过的风都知道

皇帝的爱属于爱他的人 属于天下山河

可从不属于我这个素未谋面之人

您把我送进宫去 只会让我们互相憎恨

可她终究不情不愿地越过万水千山

像是奔赴漫长的死亡

舞动苗刀的双手 被一双锁连环的玉镯困住

像是押送一位囚徒

当她的宫中迎来贵客 天子的身影映在她眼中的冷淡里

她目光雪亮 笔直望进对方疲惫的眼底


于是直言不讳 您的疲倦已经浮在眼中

为什么还要对我温和而温柔

您大可不必如此

正如我不会用虚伪的倾慕来欺骗您一般

您已经把这件联合西南的摆件 安稳地放进您的宫殿

从此她只会是一件摆设

因为您原本要她 就是做这种用途的


入宫后她的言辞对谁都是一个样子 直白平淡

她不爱天子 也永不会爱上

正如她所言 陛下很好

但当一个人拼了命渴求自由和纵马山河时

再好的人我也顾不上了

实际上对于天子这个人 她倒是不怎么讨厌

一如两个人只是观念不合

从皇帝的角度看 他娶来鎏舒代僚只不过是一个和平的象征

牺牲一个女子的自由

换来常年的平稳安定是划算的


但鎏舒代僚桀骜不驯

带着张狂的傲慢和冷厉鲜明的脾气

苗疆女子自主独立的性子一览无遗

她说 你凭什么选择让我失去我最宝贵的自由

让我从此和我的爱人 即鬼神天地与日月山河

就此再也不得相见


鎏舒代僚身在后宫却又游离于后宫之外

她不要钱不要权 不要宠爱也不喜欢争斗

每天无所事事地消磨时光

厌烦天子分明不喜欢她 还是对她温和而温柔

认为那样的虚假太累了

故而她直言 您大可不必这么小心翼翼地对待我

既然走进宫墙我便不会跑

您眼底的疲惫惹得我心烦


闲谈的时候被天子说她胆子怎么这么大

她言辞一点儿也不客气 也直言不讳

您又没法儿杀了我 只要我父亲还有一天有用

我就死不了 连死我也没办法攥在自己手里

还有什么不敢做的

死有何难 我要做的事儿您阻止不了我

您做的事儿我也干涉不了您

不过是互不相欠


鎏舒代僚绝不会把自己交给一个完全陌生的人

故而入宫的小半年甚至都不曾有过肌肤之亲

她同天子的关系浅淡而若有若无

不过是鎏舒代僚在外边闲逛了一天回到宫中

托着腮凝神盯了一会儿天子的脸

爽快飒爽地揭开自己的面纱

言辞一如既往地直白 仿若家常闲谈

我现在愿意把自己交给您


鎏舒代僚只随着自己的心

她也曾黑发蜿蜒铺满了后背 坐在床上

抱着膝盖像是个调皮的小姑娘

我愿意同您共枕眠 可这怎么能说是爱呢

爱是长久持续的执着 我只不过是看您的侧脸

心想若有一朵白牡丹 攀附在您的鬓边就好了

于是我的心剧烈地跳了一下 忽然想要亲吻您

一个人在萌生突然的想法时 怎么能考虑到以后

我只是想做就去做了


故而她对后宫争斗 也是随性旁观的态度

看着争斗都头皮发麻

火没烧到自己身上就懒得动脑子去想

和妃嫔交往不多 言辞冷淡又不招人喜欢

仗着自己是联合西南的象征摆设不在意太多

唯有一个荀弈天天找她谈天游戏

熟悉起来 两个人都不是在乎尊卑位阶的

论下来荀弈比代僚氏还要小一些 总是唤着她姐姐


她原本在南疆 喜欢练练苗刀织织布

山猎技术精湛 盘歌无人出其右 亦是歌舞一绝

看书不多 看汉文更是头昏脑涨

只是草草读了些经典就撒手不看了


如今住在栖鸾宫 日日到荀弈那儿去听她讲些鬼怪故事

那些志怪 倒是有趣她也能耐心去读

遍习草药岐黄之术

闻一闻药渣子 就能劈头盖脸砸了旁人一身

冷笑着骂 你就拿这些东西害人

代僚氏精于蛊术 却无人知其会用蛊

闲谈时同天子提到自己蛊术精湛

天子问起情蛊 代僚氏冷淡言答

我不喜欢您 也不愿用那情蛊让谁喜欢我

于情这一字谁也强求不得

正如红墙绿瓦 囚不住蝴蝶的翼

# 异世的幻境

# 魔术师

魔术师提着一个

约莫六十厘米见方的正方形箱子

上面写着 "十单位的黯星岩"

行星寿命将尽之时

质量会急剧地上升

此时他会将花朵栽种于上

汲取它的一切

而后结出一颗婴儿拳头大小的果实

即是一个单位的黯星岩


每颗行星最后都将变成一株花朵

而果实 是它最后存在的证明

于破灭中诞生的黯星岩

每单位达万吨之重

适合作为稳定剂

让诺亚方舟在星海中安然航行

十万吨的重量 在他手中轻若无物


魔术师曾经满怀期待 一次次地生灭轮回

濒死又重获新生 宛如潮汐涨落

他的诺亚方舟 只允许他一人逃逸

在星云之间 笑看着世人悲苦喜乐

殊不知他的方舟化为了世间

而所谓尘世 本就是人类的方舟


# 虹光


在失重中 无法继续牵引灵魂的意义

轨迹也失去了原本的定义

只知无尽下坠 逃逸 落入时间尽头的虚无

我躲开了乱世 却执迷在意义里


无一不沉溺虚妄 深陷于灵魂幻梦

无一不深爱 执迷 星海的意义

永远无悔 尽头的凋亡与消失

像是逝去的意义 凋零在无尽终点线

猛然的烛火吞噬 谁又能永不融化

无尽的肆意沉溺 谁又能隔岸观火

谁能将琉璃酿成清欢 再蔓延一个盛世

我所求不多 只要一点点快乐就好

无尽的坠落里 在那一瞬间化为万千星辰

融入天际 是暖色的光晕

那是宇宙尽头的无尽星辉

蔓延成神秘而缥缈的国度

恍若幻光之中霓虹的传说


镜花水月 梦幻泡影

我就是一个过客而已

幸得能来这走一遭 看看景儿便是圆满

有时候 一直保持着当下的心

没有以前 没有未来 一切意义消湮

就是此刻 现在 不带预期地去感受

在那神秘国度里 是你向往的意义

那是一艘在大海上航行的孤帆

跌落进灰色的时空隧道 化为白色雾霭


不知是白色 灰色 五彩斑斓还是失去颜色

有些时候 一种感受

被不同国度的人用不同的语言描述

但表达的是同一种感觉 就像殊途同归

就像你辨不出它的颜色

但知道它始终绚烂如云霓

是星辰是烟花 是在海底复生的虚妄


它像一条固执而可爱的鱼

信它就是信自己 你不会连自己都不相信吧

时光里转了无数圈 像是星际散落

光芒溶解在彩色的漩涡之门

水面升起白雾 越过了朝暮

像是滴落的清泉 滑进月色里 化在星辰中


朝暮吞噬了过往 是星云之下盛世交响曲

虹色的乐章与天光 谁又能再度辨清

晦暗的霞光烧不成荒原

春风吹又生 是无数超新星再度衰变

融解 吞噬 是谁消湮了辐射源

在巨大的空洞与疾风中 我找不到你身影


就如一场尘沙 终是化作烟茶色幻梦

在暮光里 你用眼神将须臾化为永远

樱粉色碎片 是星云落下残雪

将晨昏线牵引着 偏离了既定航道

却是你心之所向的 缥缈旖旎轨迹

就如永不落幕的 潮汐之间传说

传说似个漩涡 将你融解在光年之外

一切空白时间消逝在汹涌的海渊

谁又能再度递归 回到时光的初源

无数个瞬间中 是无数场轮回

在这无数个小世界里 你死而复生

如同魑魅魍魉般一切 尽是过客

何必牵绊与悲伤 徒增纠缠

只觉言笑晏晏 命数堪堪

谁能执笔酿星辉 像鱼在银河游曳

拢一捧月华酿酒 再多赏一晚


那是谁着霓裳羽衣 盛世惊鸿游龙戏珠

那年初雪凉风 也曾吹过你心房

十里的赤色花海 终为尘沙

半尺的芳华 谁会在乎相思成茧

多可笑 不如顺水逐波落入云烟

那是无尽隧道的终点线 却是下一个起点

如同莫比乌斯环 无始无终

直到有一天琉璃瓶被打碎

镜中世界不过是花月一场

谁对月起舞 咏叹这盛世悲欢

何必识破 何以解脱 也难叙

万般诸相 千人千面 皆是我皆非我

愿如繁星迭代这一场荒唐盛宴

也曾一笑之间 飞跃了山渊

银河系尽头 是彩虹光落于天幕

沉溺着由心而生的旋律 诸相非相

亦作琉璃 多绚烂多圆满

如同星河的流逝 看流沙烧成尘烬


谁能无数次力挽狂澜 放逐在星云之外

甜蜜星风的流逝 是难觅的光芒

在漆夜绽放 宛若盛世花火

循着惊鸿 失重之中跌落尘泥

暮霭沉沉 看不清天幕随心变幻的颜色

像是月祭降临的虹色天光


谁又乱了心弦 隔岸观火的余温

燃尽你衣香鬓影 是一池云锦琉璃色

非春非秋 是无尽的波澜与疾风

在四光年之外的星系之中 处处皆是漩涡

无尽的夜空 再也没有光亮

照不清过往 却只此一瞬便是避风港

像是月色蔓延 船只在星海中失重

失控坠落 在云霄之间疯狂陷落

你说何其美好何其沧桑 何其遗憾何其圆满

谁又苦守执着 乱了心间悲喜

逃开了乱世 才方知逃逸便是无限接近

你跌落在时光中 弥散了岁月

看无数尘嚣溶化进海底 溶在你心尖

是心头血 耗尽最后的气泽

陷入虹光般虚无的海洋

你不曾触及星云 却已经到过那里

# 妖姬

祸国妖姬与亡国的红颜 或许便是她

可惜她生来不会说话

喜好养蛇 常常将蛇编织在她梅花枝般的头发里

旁人看似可怖 她却不以为然

因为她的心肠比蛇更阴毒

她有着一副冰雪般的美貌

几乎透明的皮肤

让世间最著名的刺青师梦寐以求

她有着浅色的眼睛和墨黑的眉与睫

她出生的时候是没有这么冷的

只是她的脾性太过暴烈了

像是一壶沸腾的酒

用昆仑山的冰川积雪酿成这般凛冽

很难说她身边的人不会被她烧个鲜血淋漓

就像她将小兽煮熟用来饲喂她的蛇一样


她不怕烧到别人

然而她终究自己也燃烧起来

灰烬之中失去了所有的温度

所以她变得越来越冷

像是剔透的冰包裹住莹墨


她的性格也越来越古怪

任何心情从脸上都看不出来

冰雪是凝固的

所以她的脸上总带着一种似笑非笑的神情

这种神情妙就妙在可以凭君理解

是一种万用且廉价的表情

并不费主人的力气


她也只能让心中的一张嘴说话

因为她不愿让自己的思想被旁人知晓太多

她的幼妹给她写了一封信

她一目十行地看下去

发现幼妹是在催促自己结婚


因为按照礼法 她毕竟还留在府里

有着头衔 所以要承担相应的责任

哥哥姐姐没有嫁娶

弟弟妹妹也不能和心仪之人成婚

她性格孤傲清高 没有人能走进她的心

除了那个名为"白鹿"的将军


爱向来是不需要理由的

但是爱到愿意日经月久地相处

成为一家人 还是会有一个看似恰当的理由

她给出的理由是 他能领军十万征战八荒


将军出生在北方 驻扎在北方

可能是因为太阳直射时间短

所以与她一样 也有着雪白的近乎透明的皮肤

浪漫一点的说法是 大雪一不留神

把年幼的白鹿将军也染上了一身白雪的颜色

就如同那山野里的雪狐

在征战时驻扎在雪原里 他穿着白银甲胄

敌人根本分辨不出来

就如同动物天然的保护色


他的皮肤和她一样近乎透明

然而发色却是墨黑

阳光照在他的脸庞上

映出了他轮廓的弧光 像是一件精美的艺术品

他脸庞瘦削 眉骨很高

有着异域人的相貌 平日里并不多见

一双黑沉沉的眼珠在眼眶里边

四周是没有一丝杂质的白色

像是笔尖的浓墨落在清澈的水里


在他参与庆功的宴饮时

他常常因为无趣而发呆

那双眼睛就像是蛇的眼睛一般

冰冷得没有一丝血色 面无表情地看着众生


她看着他这般神色 便大胆而得意地笑着

像是一团火 宛如鲜血酿成的酒被点燃

他觉得这团火不仅会烧毁他 还会烧毁她自己

她却看着他 不说话只是耸耸肩

提着剑挽上白鹿将军的手

便欣欣然地走远了

她冰凉的手触碰着他的手臂

比宝剑的锋芒更凉

像是一条攀附在她梅花枝般头发上的蛇

虽喜红尘 却也须得知道这不过是外物

终究一死便抛了去


# 苏盈风

嘉容华苏氏 名盈风

小字逢露 乳名寒衣

身材轻减 生得一副雪中红梅的晶莹干净

眼睛盈盈承露一般 黛眉明灭似小重山

神色间能看出依着懿皇后细细模仿的清冷冰瓷色

可自有着一股愁绪

不像是昙花 倒仿佛傍晚凋谢的茉莉


母系兰氏旁支 和兰倾云真要论起来

也是个表姐妹关系 还有一个嫡亲兄长

恰巧和兰倾云的兄长同职 更添上沾亲带故

故而得以在兰倾云未出闺阁前见到她真容

冠绝初阳城的麒麟才子 有清秀风流的气度

不争不抢却让人一眼瞧得见她

苏盈风纵是盛装 也因着家境不免露怯

身边都是高门贵女 自己家世实在拿不出手

却不成想眼神和少女时期的兰倾云相对

她只看兰倾云玄衣轻剑

一朵昙花被剑锋削落

却又被那双柔若无骨的手持起来 别在苏盈风的耳后

作了苏盈风融入她们最有效的通行证

兰倾云却仍是那副阴郁风流的神色

淡淡看了她一眼 露一个微不可察的笑


本性柔软多思 有美好温柔的一面

做事谨慎妥帖 不爱多言的性子

温顺静默 不爱反驳他人

不争不抢是芙蕖花似的羞涩


自从当年见了那一面以后就憧憬向往

想让自己也成为兰家姑娘一般的人物

常常跑到母亲那儿询问 兰姑娘究竟是个怎么做派

喜欢吃穿什么的

苏盈风用了狠劲儿

她从不知道自己也是能狠下心肠的

她学习兰倾云的一颦一笑

拿起双剑 揣摩诗文磨炼心性

学着怎么和别人搭话

样样都做到最好

人人都惊讶于 她这种温顺静默的性子

如今也会好强了

可只有她知道兰倾云玄衣轻剑的模样 是她抹不掉的梦魇


她又羡慕又嫉妒 心底深种抹不掉的自卑

即使如今她看似温柔大方 风流快意自成雅致

可让兰倾云看上她一眼

她还是那个默默无闻到尘埃里的小姑娘


知道兰家姑娘做了太子正妃以后 她几乎是梦碎了

大病了一场 家中都以为是她年纪不够没能入府的缘故

可只有苏盈风自己才知道

她本幻想着 兰倾云应该嫁世间最痴情漂亮的男儿

麒麟的女儿怎么能够沾染珠翠金玉的污浊


她几乎是有些委屈地哽咽

眼睛里盛着潋滟的水光

仿佛落泪无理地控诉

为了你我放弃了原本的自己 抛弃了一切

学了这么多 你怎么能到那红尘中去

苏盈风在当今皇上登基的第一年参加选秀

她那副清愁如破晓露珠的模样和身姿

在经年的练习之下有几分皇后的遗影

她既憎恨别人说她像懿皇后

又骄傲着别人这么说

她初入宫 殿宇还没分配个齐整

可偏偏命中犯劫

黑衣舞剑的兰倾云经过 还是经年模样


她嫌弃累赘没带侍女 剑上拂下一朵茉莉花

落在苏盈风的裙上

苏家的女儿急急忙忙行了礼

她练了那么久

本以为自己看见兰倾云时能对答如流

可如今连眼睛都不敢抬一下


兰倾云的黑靴在她眼前停了半晌

苏盈风只听见那碎玉铿锵般的声音

我记得你 你是苏家的女儿

都已经是大姑娘了

当初你还小时 我送过你一朵昙花

不过经年旧事 你怕是早已经忘了

苏盈风几乎要说出声 我怎敢忘记

那朵花枯萎凋谢 被我压在经卷之中做了一枚书签

就连这诗文 都是你爱看的


她又听见兰倾云用那种平常的 随意的语气说

你我有些缘分 殿宇内务府尚未分配

若是不嫌 住到我附近来罢


她在兰倾云又一次有孕时恨得发疯

在自己的侧殿 把皇后赏赐来的东西

发疯似的摔了一地珠玉

却又捡起一块碎片 磨成护心的明月

她禁闭着殿门 脱力般跪伏在地

手指几乎碾碎青石的地面 嚎啕大哭


苏盈风杀了兰倾云的小公主

当东窗事发时 她一边哭一边笑

说我终于赢过你一局

你的眼泪 你的七情六欲

最后是因为对我的怒火而蓬勃


苏盈风流着泪 她因为自己的嫉妒

一辈子活在兰倾云的遗影之下

如今面具破碎 青瓷开裂

她又是那个青涩温柔 热烈深沉的苏盈风了


柔软多情的唇浸染了苦涩的血

她的声音寒凉 我恨你当年为什么要对我笑

送我那朵霜寒的昙花

可我又爱高高在上的麒麟 竟然对我亲昵

但这亲昵只是倏忽一瞬

磊落的月照在我身上

可它却没真正看到一丝胆怯绵柔的风


她本以为兰倾云会愤怒发疯 诅咒斥骂她

可黑衣青鸾皇后的眼睛里只有怜悯

苏盈风听到一声叹息

那叹息不是对一个情敌

对一个杀死自己女儿的仇人

而是对一个孩子 对一个残疾者

对一朵再普通不过的花的怜惜和同情

兰倾云用这一声叹息 杀死了苏盈风的心

让她在这一场争斗中输得彻彻底底

玄衣的皇后微启绛红色的唇道 你何必如此

# 兰倾云

她一生挚友 不过贞夫人苟弈

怜她孤弱 多有照拂

见她常常饮酒 也不过淡淡一瞥

下次再来多备些上好而味美的酒


苟弈嬉笑着问她

你为何不同别人一般劝诫我伤身

兰倾云只是执杯以袖掩口道

能劝一时 不能劝一世

你天性如此 谁又能说是错呢

我多口多舌反倒招人烦厌

终归你的身子是你自己的 旁人置喙不得


在苟弈缠绵病榻时同她谈长生

苟弈苦笑着讲 我怕是活不长了

兰倾云面上却无悲戚 只给她擦了虚汗

她说长生均是虚妄 谁人能不死


苟弈道 你还是这副无悲无喜的模样

你也是个奇人了

大凡见到病人言死 谁人能不劝

兰倾云却道 魂而有灵无不在也

你我相伴这些时日已是极深的缘分

虽说人一死 生便为虚诞

可你在我心里 便是不朽的挚友


兰倾云模样冷淡 言辞温柔

不急不慢 比起岁数小些的姑娘更是有了显贵姿仪

清冷却不叫人难以接近的气度

像是给自己套上一层水波雾气般的外衣

谈吐言辞优雅 随性又不拘谨

不争不抢 坐在那里就足够出挑和自信

浑然天成是高雅温柔的气质

有人赞她性情若麒麟

是说脾性稳重宽和 广博如海

而气度温柔雅致 风流又不失礼


巧倩姿仪 堪称无双

金钩冷月 银浪疏狂

她是个极美的女子

面庞便足以让人在梦中寻而不得 生出叹息

身材纤细修长 曲线玲珑让人想起柔婉的蔷薇

面容是掩映纱幕之后的月下昙花

初见带了金枝玉叶的清冷骄贵

眼角眉梢藏秀气 声音笑貌藏风流

肤如羊脂玉 翠眉金钩峨眉月

清瞳似水 杏鼻如峰

灯下月光一般潺潺的黑色长发

鬓边青丝如云似雾 衬着脸像晚霞

像疲倦的浅月亮

更像是萤火星夜 被吹灭的那一盏昏黄的纸灯


兰倾云似是把一捧金贵珊瑚打碎

那逸散的碎屑沾染在她眼角眉梢

泛着银朱的光泽灿如桃李

她笑时昭然如日下流光

默时凛然似月上沉彩

柳眉两弯金钩冷月 如同远山重云


澹澹水波似的杏眼 不似施了粉彩珐琅似的丰艳

却显得像青瓷冰裂的清冷章华

一双横波目里流动沉淀万色朱紫青黛

如传说中的麒麟一样静却不寂

倒有几分悠然 似喜非喜的雍容


她的嘴唇是缓绽的夜月牡丹

连一声叹息 呼吸之间似都有清浅的花香

唇色却馥郁如血 几乎是要把朱砂涂在唇上


似有梵音断续念 爱即是结 故名爱结

她如同这句话一般出尘缥缈

眉宇间却拢着生来长情的结印

气浮兰芳 腮霞可比繁梅


她是麒麟托梦留下的精魄

是自然中一块干涸的荒泽

是一滴坚贞的白露 也像泼洒在夜晚的一捧梅

更似一只伶俜的白鹤


她穿乌木檀底色绣青蓝凤鸟的裙 层叠繁复

细细捻了金线糅杂进去

夜晚像是闪动的银河 流淌的水波

外披暗红色银朱流丹的衣

衣衫以青蓝 黑玄同银朱色为主


黑发极长 散下来几乎触及地面

盘作温柔风流的发髻

一只华彩的凤凰栖息在这金贵的梧桐枝上

口中衔一滴丹霞色的血

她是麒麟爱作珠玉的小女儿 对她的父亲讲

我要去看一看人世

只有我抚摸过一草一木 才能知道什么是爱

天上太冷也太远了 瑶池的盛筵易散

阆苑的花常开

我夜夜惊悸而醒 因为我找不到我的来处

是水上的浮萍 凤鸟的翎毛


麒麟把它的小女儿变成一片云霓 放在心口

它哀伤而温柔地说

无论你提出什么要求 我都会答应你

我要把你放在贵胄的家里 一世锦衣玉食


可它的小女儿指着殿阁学士的后宅讲

这几十年不过弹指一挥间

绮罗俗物易朽 文章经国不灭


麒麟的女儿生在殿阁学士的家中

出生时饶是皑皑冬日

麒麟依旧让满堂兰桂齐芳


她的母亲惊讶道 我梦见我的女儿原本在天上

是麒麟的明珠麒麟的心头血 化作一捧云霓

下来与我成全一段情分

故而我要叫这女孩的名字为倾云

她的美丽能够倾倒云华


兰倾云成为京中学识最为广博 脾性最是豁达的女子

玄衣宝剑 面容仿若一朵昙花

她总不爱笑 可笑起来仿若神女布施恩泽

她被众人环绕 却从那云端下来

心甘情愿住在这珠光宝气的囚笼里

兰倾云伸出手去 黑衣之间垂落凤凰的翎毛

一如昔年盛开的昙花

兰倾云叹 当年我在瑶池中

醉眼里曾见到一朵昙花 花蕊里晶莹的露珠

感到很可爱 便去亲吻它


朝露终于落了 而云仍旧无波无澜

容妃上前 温婉的面貌

一点也没有被兰倾云的冷淡所刺伤

她为高傲冷淡的皇后奉上茶盏

这文静默然的妃子

也向她献上自己沉默有力的忠诚


兰倾云为她的寿辰献上一支舞

当容妃看到玄衣黑发的皇后在月下舞剑时

麒麟女儿的幻影从肉体凡胎上脱离

黑发在地上流淌仿若银河

面容像一朵纱幕后的昙花

兰倾云收了剑 聚拢一捧萤火


太子的眼光 在香车宝马里看到骑马如弓的兰倾云

在夜晚来到兰倾云的寝宫

言笑晏晏地睡在她的身边

抚摸着这玄衣皇后的脖颈

你的脖颈如此柔软而脆弱 仿若蛇的肚腹


兰倾云捏住他的手腕 感到很冷

于是把自己的锦被一同覆盖上去

点着他那阴柔而锋芒毕露的嘴唇 叹道

是你 那天下槐木的始祖上寄居的胭脂蛇

你燃烧寿数下凡 只为搅弄风云施展自己浓烈的爱恨

如今可心满意足了


太子垂下眼 笑容散漫道

自然不满足 自麒麟的女儿用血肉喂养一条艳丽的蛇

就要做好被蛇缠缚窒息的准备

蛇不能容忍你的目光流连在

除了那条蛇以外的其他生灵身上


他还没有说完 兰倾云便已经闭上眼睛

手臂搭在太子的胸前睡去

兰皇后的黑发披散 作成半榻散乱绮丽的云锦

太子不再笑了 堪称威震四方的面目上

此刻竟寂冷而阴郁

他把头埋在她颈间散落的 如宋锦似绮雾的鬓发中

一如昔年胭脂螣蛇 攀附麒麟女儿的颈项


# 妖女


一张白面皮 惨月亮一般

又似月光低绮户照在一片羊脂美玉上

乌发倾泻在地

几乎像是汲取他为数不多的生命力一般疯长

是水中交错纵横的藻荇


她两鬓头发垂落

便挡了眼睛看不清东西

只得拿一只珊瑚红的芍药钗拢了

在脑后低低地绾出一束来

她是素白含露

早春晨曦时在水中央 渺茫托生的一朵白牡丹

掐破指尖一滴血 五指连心

染了胭脂华色去祭奠荒冢


五官是在白宣上重用朱红魏紫

画出大朵艳煞至极近乎颓败的牡丹

常病在身 染几分柔弱颜色却无甚恶俗脂粉气

反倒有原来姹紫嫣红开遍

似这般都付与断井颓垣的荒凄怜惜


她眉眼浓艳 高鼻朱唇

煞人的艳鬼一般

艳不在风月亲昵

只平白生出一股话本志怪里

天然精气变化的混沌精怪

清浊不分 只听任自然


故而如刚开刃的刀

无鞘的剑一般含煞

是生来要饮血 本性含着妖气

白骨配红芍之凄艳 源于死气被艳华颜色所衬

灼灼灿灿如烟霞一样的红芍药

也变作幽冥鬼火一样凄异

凄艳带着肃杀 是秋日里的金石之声


# 剑道

漠北的侠客佩剑名为蛛梁

佩刀名为往生 后名归思

蛛丝结满雕梁 今又在蓬窗上

空旷寂寥 是世事无常唯有岁月波涛

佩刀名往生 是一心向空爱恨轮回

厌弃世间一切绮罗


世人在侠客死后 把无名剑和往生刀同融一处

铸为归思 意为生当复来归 死当长相思

这高洁美玉终究愿意为人停留

他素来不爱这世人

只给这世间 徒留一把佩刀


南郊的方士 佩剑无名

梦中感应得先人所传铸剑之道

以己身相和 终成大家

他性子古怪 为人铸剑定要日日同住

观其人心性言语 行动习惯

而后采其精魄 以自身心血精神所铸一剑

从无凡品


己身之剑无名无鞘 问之则曰吾身为鞘

无名剑 其名并非无名

而是本就无姓名 不可琢磨其性之自然洒阔

西域的王女 佩剑飞光

解其心火 使其无忧

更是有了岁月驰 忽若飞

何为自苦使我心悲之意


东瀛之诗客 佩剑不返

雌雄双铜名扶玉

取自天道周星物极不反

凉薄绝情可见一斑

扶玉一名 铜为持中扶道之物

引申扶济青云 得施停机德


中原的道姑 佩剑焚玉

焚玉取自玉石俱焚 表其高洁品性

起初是高洁有余世同嫌

可逐渐变为易水慨然 刚柔并济之意

也不算辜负这剑


又有西南之地的隐士 佩剑夏生

剑名取自夏至三候

鹿角解 蝉始鸣 半夏生


而那江南府邸里的大小姐 佩剑斩水 用扇碧华

佩剑取自抽刀断水水更流之意

而其扇为情郎所赠

是红荣碧艳坐看歇

素华流年不待君

而后情郎身死 悲痛之中碧华扇随之入冢


极寒之地的诸侯 佩剑泉动 刀名绝思

剑名取自冬至三候

蚯蚓结 麋角解 水泉动

绝思本为其父所锻

本要送予其幼弟

只不过还未送出 幼弟便隐世不问

自此刀剑尘封前情如梦


其父终日劳碌 心力耗损身死

死前佩刀相赠长子 长子名之绝思

是祭奠父母一双怨偶

也是告诫自己情思忧思终不可重

日后历经七情六欲 终归空空

在此时可见一斑


# 狐妖

是有狐狸般眉目的美人

本无性别 是山石之间化生的精怪

唇红齿白不见半分刻薄

却显得仿若胭脂腾蛇桃花欲火

咬着匕首尖端 金属腥气也含在唇齿里

红艳艳血淋淋舌尖

仿若金银嵌玛瑙的杯里一捧血


这样的妖精 沾染上些红尘更漂亮

本是蛮荒里的灵物 不通礼法

爱欲和食欲混为一谈 尽数裹进温热肚腹里去

身体不大好却极爱笑

露出张狂而放肆傲慢的笑意

许是因为妖精生来好肃杀的缘故

对血有着极度的痴迷

是极娇纵无道的纨绔一般

挑三拣四千挑万选

把脖颈上漫出一点血珠抹在唇上 故意昭彰面庞

也是在染了风寒 咳喘得骨骼颤栗时

蘸着手心里的血

在泛黄破败墙壁上 画骷髅幻戏的百世态


# 青云之志

她不似凡俗 是那麒麟的掌上明珠在红尘走过一遭的幻梦

巧倩姿仪堪称无双 金钩冷月银浪疏狂

是极美的女子

面庞便足以让人在梦中寻而不得由生叹息

身材纤细修长 曲线玲珑让人想起柔婉的蔷薇


一副凉薄俊俏皮相 是掩映纱幕之后的月下昙花

初见带了金枝玉叶的清冷骄贵 肤如羊脂玉

翠眉金钩峨眉月 眼似水杏鼻如峰

灯下月光一般潺潺的黑色长发

鬓边青丝如云似雾 衬着脸像晚霞

像疲倦的浅月亮 更像是萤火星夜

被吹灭的那一盏昏黄的纸灯


她笑时昭然如日下流光

默时凛然似月上沉彩

水波似的杏眼不似施了粉彩珐琅似的浓艳

却显得像青瓷冰裂的清冷章华

一双横波目里 流动沉淀窑变般万色朱紫青黛

如传说中的麒麟一样静却不寂


她的爱人 是懿皇后的长子姜桓

懿皇后还只能被称为太子妃的时候

生下了自己的第一个儿子

也是她丈夫的长子

她满是汗水的额头 轻轻触碰新生的生命

那冷淡的表情 陡然被温情劈开一丝裂缝

她说 我听到这孩子长了一颗诗人的心脏

也是王子的心脏

他长大后究竟是会选择青云 还是山河草木


长大的姜桓阴郁风流 桀骜傲慢

多情又冷淡 他的性情是母亲的翻版

外在冷淡 内里风流浩瀚

就连容颜也是出窑万彩的瓷

清厉至极以至于颓败

他言 我为什么不能

在被禁锢上河山的枷锁时 驱使天下


他在夜晚流淌的星河上舞剑

连死神看了也要为之停步

写下的诗文用词冷淡而谨慎

内容却温柔得像鸾鸟的羽毛

在他的诗里 是悲悯河边无定骨的春闺梦

斥责无稽之谈的长生术

忧郁的脸像是快要颓败的白牡丹


他曾快乐而无忧无虑地射猎

被母亲夸奖后高兴得像一只欢腾的小鹿

又在被斥责时流下眼泪 既冷淡又真性情


他一颗心本就给了亘古的江山

又怎么能要求那麒麟的女儿 一心一意地爱他

他是冷淡桀骜 言语温和但无甚感情的高雅

平日感情隐晦 不擅于言爱

口中说多了便是颠倒 然而酌酒正酣时

便在朦胧的青眼里 直白地诉说着他的感情

默然矜傲的他 只消站在那里就是喧嚷焦点

顶着那张冷淡的脸 珍重地爱着一点一滴的温柔


而兰倾云之爱不过就是 这天地山河都为他而来

她就是草木江山本身的精魄

到天命所终也不必求长生

千载功过任人评说

深知无甚不朽 唯有功业千秋

她便把这不朽送给她的爱人

不愿意给予他什么期望

不图回报就如那坦荡的月光与清风


帝王之情莫过江山

而兰倾云此人 乃风月山川化身

是那青云之上的鸿鹄意 也是天涯之间的缥缈辰砂

她离去后 徒留碧鸾金翠的宫殿

一如旧时貌 是为不愿教人寄以怀思


# 采色

我见你 极想比喻作阆苑的采色

世有采诗 可世上诗词歌赋排陈铺列体裁各异

不如言之采色 想你青衣玄发

挽一臂荔萝篮素白纱 脚步踩过泥土

温厚的泥土便讲 你身上有我的影子


曾几何时从潮湿而柔软的土中生出 却能不染

否则你的眼为何能如此乌沉

既像是万物生灵在土地踩过 走遍的生生不息

又像每一场杀伐 每一次葬礼时死者所留下浓艳的血


我想你就会答 此是我采色得来

采色采色 采人间万色

无论从山河草木 爱憎七怨

是出生的第一声啼哭 化作我鬓边的水晶钗

死前最后一口不舍的气息 作臂弯轻柔肃穆的帛


情人的爱语 点染尖锐狭长的眼梢

艰难苦恨 化作眉间如血的红痣

是人间 是泥土使我生

在我如蝉蜕般破壳而出的时候

沉重腐朽的躯壳留在土地上

轻盈剔透的灵魂去往瑶池阆苑


一个人不能够完全地脱离尘世

正如地上的躯体不能够长久地独存

我若归于我的身体

那么灵魂的轻捷再难得到

可自由自在地遨游莽苍过后

我是一只无足的鸟

不愿抢榆枋而止

可也不想做一滴 由天地生出的漂泊无依的露水


一朵菡萏的香气飘得再远

终究汲取的是根系的甜露

我愿让别人为花香而心折

也愿为了真正用心头精血去饲养菡萏的人

长出一只粉白的花苞


可我终究是我自己

茕茕亭亭的本质是不会变的

因为我本就是这样的事物

我的心孤冷静僻 不被我控制

而主导着我的爱恨喜恶

想要见到山河化作青烟

只剩下我的影和我的形体相凭依

为了解决我的忧虑

西王母的白虎引领我去见她

生灵的母亲对我说

灵魂的纯洁美丽 自己是看不出来的

因为灵魂的拥有者早已经习惯了如此 只道寻常

不知在别人眼中是如何纤巧妍丽的模样


你已经有了素色的底

何不去人间采取万色 或许会找到答案

我想 西王母送你一篮白纱

这纱线是天下最为杰出的文人织成

因为感情的色彩太过浓重

寻常纱线登时会断裂

只有用红锈和寿命喂养自己的情感与文章的文人

才能纺出这样的纱线


浸泡在清练如许的沉沉江水里

反倒染上一丝浅淡莹润的碧色

仿若登时溶化在了波光粼粼的水中

捧在女子素白的手中

像是一汪纯粹的翡玉沉睡在雪上

稍有不察 一丝如发纤细的纱缕便顺江而下

那纱线极长 看似在荔萝编织缠绕的篮子里

被菖蒲捆扎成一束束 实则同源所出

起初是一根翠色浮丽的线头

在水里沉浮起动

仿若一条青衣碧麟的蛇女化作原形

直直扎入江心 穿梭在并不湍急的河水中悠游寻觅

没有染上色的线 也被快乐而肆意的情绪所感染

义无反顾地醉在水中


你及时抓住线的尾端一缕素白

因为万色万情无论如何宏大盛丽

本心清澈的白才是最为要紧

素色的底色一旦失去

便灵魂与躯壳皆不可得


# 伊娅涅瑞丝

她的姓是俄拉托娅 名为伊娅涅瑞丝

她的爱情始于鲜血 终于眼泪

那时银镜之城的公主 是恶龙的妻子

其丈夫为恶名昭著的墨利阿得斯 姓为欧帕琉斯


伊娅涅瑞丝杀死了她的丈夫

并把欧帕琉斯为她而落的最后一滴眼泪

盛于吊坠瓶中从不离身


伊娅涅瑞丝是鲜艳烂漫而美丽高傲的存在

她的容颜美丽绝伦 黑发蓝眼

当她轻轻眨动浩瀚如海的眼睛

就连鸟儿也会停下来听她歌唱


银镜之国被龙所诅咒

每隔百年时间便要为他送上新娘

为示公平 全国上下的女子都要抽签决定自己的命运


这一次作为龙新娘的女子

是伊娅涅瑞丝的妹妹

女孩惶恐无助地哭泣

仿若雏燕失去了赖以生存的巢穴


伊娅涅瑞丝神情高高在上

用她的蓝眼睛冷静地旁观

却在妹妹出嫁的前一天独自走进神庙

揭开了华丽白纱裙的面纱

第二天鲜花和音乐满载于路

直到将新娘送入山谷之中

人们才发觉离开的是伊娅涅瑞丝

那美丽动人而冷若冰霜的公主

# 万物的庇护所

戈诺斯氏族是为万物的庇护所

那是所有半种族的集合

无论是双翼与鱼尾并存的绮丽水妖

还是被人恐惧的羊头人身的怪物

他们或许漂泊无依

但最终都将用洋荆花为之献礼


那是一个多外来血统整合的氏族

名义上的先祖是身为人类的贵族小姐

她有着碧色含着星辰的眼睛

有着精灵般的金发与雪白的皮肤

她便是日后的女侯爵埃莉安娜


# 文帝

找一个夏日的黄昏

晚风微暖 霞光也温和

她用那天边的云霞作成火

一点点烧掉这--百张纸条

徒作她不知道该寄往何处何人的爱

或许某种意义上 是想要写给文帝的一百句爱意

昔人早已作虚无 所以也就只能烧掉


很多言语 现在都已经记不起来

也没有留下存稿 却只有一句话她记得很清楚

我隔着青史的烟云见你 你眼中有淇水的涟漪

我送给你一只白玉杯

那杯极精致 是能工巧匠耗费心血

屏息刻成的纤巧 雕成玉兰的模样


暗色浓光的酒斟进去 底部自顾自透露些朱紫颜色

她执着那杯与变迁的岁月痛饮

素白的手是娉婷清秀的花枝

醉眼迷离的她 是何方的瑶姬显出原貌

是此等花月山鬼 世上美人


剔透的青眼倒映一湾淋漓的波光

她把玉杯抵在身旁的文帝唇边

摇摇晃晃 鬓角一颗珊瑚珠拂过他的眉梢

却似乎点起一片涟漪

文帝讲 什么是长久与不朽呢

这杯虽精巧 可谁又能说玉兰动人心魄的清丽

没有蒙上它凋谢的阴翳

短暂的美丽总是让人难思难忘


她身旁伏卧的白虎听了这话

轻轻地低吼了一声 走到他们两人之间

低下头去衔酒杯的边缘

紫红色的汁液染在白虎胸前一片毛发上

点点滴滴 倒像是膻肉食腥留下来的血痕

女子便爽朗地笑道 这白虎也贪醉呢


文帝伸手点一点她眉心讲

你倒是有几分灵慧气在 说得出这等风趣言语

兜兜转转 实在难为你诓我要言这玉兰凋谢

冰湖在岁月里消融之时该如何

我便只说一句 自是那幻台倾倒

七怨爱焰 冰上人见冰下人


说完他便消失了 恍若从未出现过一样

只余那和我有几分相似的女子

皮毛沾了紫金酒液的白虎

以及一只白玉兰杯而已

杯上的玉兰竟是早已凋谢

用手一触及 便化为了齑粉


# 雪之华

那霜雪精魄所化的女儿 选择陪在他身边

送他一点光亮 也并不拦着他本性

如若他喜欢 阴私权谋去为之便罢了

只要不是偏激 让自己陷入魔障

滥杀祸及无辜

她便不会多加干涉


谁活在世上是真正的正道

谁又是真正的恶

因爱生情 因情生欲

因欲生祸 本是轮回

因了角度不同立场不同

谁也没资格评判谁

除非置身红尘外 否则因果报应便是不清的


这霜雪的女儿 一颗水月明镜似的心

在这世上却仅仅在乎他一个人

将那水中花月也映出他倒影

明镜里照出他月下斑驳容颜


她为天地精魄所化 心思天然而纯净

谁对她好 她就百倍对谁好

谁对她刻薄 她便千百倍报复回去

人活一世求问心无愧 她却只求对心底那片月色无愧


她虽知这世间不过昔年歌舞场 今朝宗庙台

本就不该执着于一人 让那冰雪的心生出妄念

可毕竟身在红尘 难以将他割舍离弃

她执着的 是执念本身


霜雪所化的精魄 是个疯痴美人

本性温柔风流 如皓朗月光却冷若冰雪

她爱他阴郁浓艳的相貌

也爱他旷世无双的异能

若是被他问起那一句

你爱我本身 还是爱这一切身外物


她便纯真而笃定地说都爱

因为这些虽是外物 然而除了你以外无人拥有

这只会是你的 也恰恰是独一无二的你

她身上有一种自信的傲慢 以及对爱人的信心


她从不要求他是一心人

她认为爱人无错 被爱也无错

在霜雪落满的素白屋檐下

她看着那冻得伤逝的青苔

便缓缓开口似作梦中呓语般道

我从不曾奢望一人一心

各自去寻各自所爱 才是正道

我虽爱他 也想于他身侧彼此守护

然而远方极寒之地那河山千里 冰崖万丈

如此之磅礴奇绝 我怎能不爱它


# 人间的精灵

她想埋在故纸堆里 读些字句

谁也别来理睬她 自是僻静一室闲适

也想去三尺红台之下 看那偶人戏

与众人觥筹交错 怡然自乐

不疾不徐地做自己想做的事情


以她的精神和身子骨 以及精灵的身份

怕也是活不过五十的年岁

精灵在天上是长生 几乎是亘古不灭的存在

然而一旦下了人间 寿命便只有人类的一半


然而她愿意用自己的寿命

去换在人间看到的绚丽花火

读遍那些七情六欲的谱子

尝遍每一寸人类的爱恨

畅饮深夜霓虹中每一杯甘美的烈酒

也游历世间名山大川


求什么长生 不过做了自己想做的事情便也罢了

永生不灭的精灵也会在世界消湮那一天

随着一切的消亡而凋零

她若是不入人间 也不过是多活几十万载荒芜年岁

若是不饮那些让她酣畅淋漓

以诗文与歌舞抒发心意的烈酒

也不过是 终日将自己囚在高高在上的云层之中

闲来翻翻记载着生死存亡的册子

聊以打发时间罢了


若是不历尽艰险

去往那人类诗篇里的俊秀河山

她也有可能不经意之间 就因了什么而死去

命里有时终须有 无时莫强求

她去往山巅与霓虹 看古人写下的七色云霞

在断崖之上 看云鸟在云端高歌

也未必会如旁人所说失足跌落而死

毕竟命数未到 她就算是活够了

求死也是求不得的


精灵是异色的魂魄

她们虚无缥缈 触手不可及

人类是看不到她们的

她们宛如霓虹色半透明的霞光

用人类的语言来讲 便是魂而有灵无不在也

那奇妙的山灵精魄


精灵在人间 是无法与人类婚配的

也自然生不得子女

反正她从来不喜欢孩子

哪怕是多乖巧的小孩儿

也顶多是生疏地去哄一哄 从来不肯亲近

对于爱情 她更是半点都不喜欢

她于人间所求唯有欢沁与快乐

却未必在于爱情

遍览她所深爱的绚丽山河

在故纸堆中读尽世人所写的折子戏

便已经是足够了


她能去看别人的爱 但是套到她自己身上

便觉得有几分俗气了

精灵来到人间有着世人所爱的娇柔美貌

倾慕于精灵的人自然也不少

然而都被她悉数以诸般理由回绝了


幼时的精灵极怕死

想到天下无不散筵席 便会难过得掉眼泪

如今或许有些遗憾 但是无所谓了

人生幻幻 丝丝环环皆是因果

有得必有失 既然选择了来到人间

她又能阻止什么呢

精灵在天上时 常与一棵菩提树相谈

菩提树甚是想念许久未来的精灵

得知她去了人间 常说她是自己不放过自己

放弃了天上的永生不灭

说到这里 它无奈地摇着半枯的树枝

有风拂过菩提叶窸窸窣窣 像是一声叹息

可天下万千姿态 万千情貌这么多

那些文人雅士书中琳琅满目的奇珍异宝

剑仙侠客口中那宏伟俊秀的山峦奇景

她又怎么忍心不去探寻

怎么舍得不去鲜活真实地游历呢


# 祸国

她的记忆只在远处若隐若现

像是承载灵魂的灯

那一身筋骨血肉奉献给山河皇权 献给她的爱

她欺骗死亡 赢过往生

是因为心里永久不熄的愿景


在活着的时候 不曾看到皇帝走上至高无上的王座

她死后也要从死者的世界爬出来

用血淋淋的手

把皇帝推向荣光万丈却孤独冷寂的王位

哪怕自己再也无法走到阳光之下


一如她小的时候同那时的皇子玩耍

她看着聪明而漂亮的小皇子 眉目飞扬

一颗心便轻轻巧巧地给了他

在她和他亲昵地靠在一处

把皇子的头搂入自己尚且温热的胸口时

她便许下愿 我要让他的名字经久不灭

让他的功绩千秋万古

我即使死了 也愿意为了达成这个愿望

燃烧我灵枢的槐木


她的灵魂灼烧殆尽 她的蛇鳞被剥去

露出柔软僵死的内里 是送归地府的礼物

白骨化作晶亮鳞片


若是皇帝伸出手去

一枚点染血色的额心鳞

亲吻她所爱的皇帝陛下的手心

恍惚间皇帝看到儿时的桃花

却惊觉那春桃早就开得疯了魔


她毁去自己的棺椁

用柔软的记忆 冰冷的权谋

用尽气力为皇帝准备金缕玉璋的陵墓

让自己的爱情 再无可能从孤独而光荣的王座上走下

她才是真正的祸国

# 预知者

如果在时间的长河中 有一个人或事物

他思维流逝的速度

超过了光传达到的时间

那么 他是不是可以预知 世人眼中的未来


那便给他留一盏用灵力点燃的纸灯笼 等他照明夜游

他爱夜色 爱那夜色下的灯笼

他所爱的一切都是一个模子

准确地说 是爱着某种特质

所以身上拥有不灭的永恒性

因为这种特质永不会改变


预知者和爱人的关系也向病态依存靠拢

大家都各取所需

他喜欢折磨自己 所以让她故意扎痛自己的心

偏爱着她身上傲慢的冰冷

她喜欢看他被折磨得形销骨立的模样

他喜欢她的疯意和桀骜


不能要求一个人心里一点自我空间都没有

她对于他来说 已经凝炼成了一个符号

一朵摘下来 就会被扎穿心脏的玫瑰

他想把自己折磨死 但是又舍不得爱人

她的确喜欢他面貌皮骨

却更爱他落泪模样


他寻常时候还是冷静理智

没有她那么天真古怪又灵动的疯痴

也没有她那高高在上的冰冷

他疯就疯在 不知道自己想要什么东西

因为预知了一切

且多为不尽人意

他却无法改变未发生的事情

只能看着它们按照既定轨迹发生

所以他在下意识地折磨自己


世人皆言要谦卑柔和 安贫乐道

这样就能够免去精神折磨

但是折磨为什么要避免

道是天地的本源 名又衍生万物

万物出自名 都是自然产生的

喜怒哀乐贪嗔痴七怨 都是由名产生

为什么要避免 为什么要作无谓的逃离

主观上的痛苦和快乐 都会给人带来影响

他会想他现在被塑造成的性格

到底是他选择被塑造成这样

还是顺应了自然被塑造成这样

他终是能预知 却无法改变


究竟是被痛苦扎得鲜血淋漓 但仍然前进

还是对于世间苦痛都已经淡然处之

如果是前者 那他现在和悟道的人有什么区别

都是七情六欲一应俱全的人罢了

天道还是像看草木一样看他而已


如果是后者 他连苦痛都已经云淡风轻

他的心已经没有哀伤

进入永久的和平与康乐了

那他还是否 可以作为一个我们所定义的生灵

他还是否 能成为一个七情六欲完备的灵魂


预知者在用疼痛和折磨确定自己的存在

实际上他代表的是自我怀疑 犹豫矛盾的人性

他的爱人却代表了 冰冷而天真的神性

只有冰冷的死亡和轮回不朽

这种生死问题上升到了神性层面

这也是预知者一直试图抓住的"道"

他觉得评判对错美丑 本来就荒诞不经

因为每个人都有主观判断

但是在这主观之中 一定有什么规律是他没抓住的

他把自己折磨得精疲力尽痛苦不堪

只为在时间的长河里

提着那盏灵力点燃的纸灯笼去寻道

# 圆满

人类总是对历尽千辛所得的圆满情有独钟

如果四光年以外的声音传到此时的耳边

那么你的此时 正是他们的多年以前

那是银色的光晕带着暖意的弧线

时间到达的速度永远比光芒快

从始至终有着 一条烟花色河流

水雾弥漫成星云 成亘古

成须臾之间的永久

也是久远之于恒远 又是多么渺小的瞬间

看时间线变幻 也是一丝一缕的绚烂

谁能望见光阴消湮 从最初到最终

谁能无数次力挽狂澜 终难渡彼岸的云霄

那是沧海的溯源 也是桑田的残念

世人曾经笑谈 笑看 月牙是玄色的星云

在那沉黑如墨的隧道里 却看见一丝微光

那是温柔而凄凉的光 似是划落天际

却在边缘反复徘徊 是谁甘愿逆流而上

明知顺流而下 便是再度解构无限的定义


或借由这契机仍能数清一百三十九面镜

有人欢喜有人忧 情绪皆作虹彩色光景

仍能逆行辰光 也牵引着悠悠岁月中波澜

妄自的定义也不能将思绪完全传达

人类语言定义的万物 仅存在于我们的空间

看着那些瞬间 残片坠落成流星

像那一尺之间 断续的萤火

在缥缈孤寂久远中散落成云霞


不必再去执着于 魂牵梦萦的眷恋

也不必再去努力定义一切无限之间的罅隙

指间流沙恍若晨曦 金色朝霞的海市蜃楼

那座城市是人类唯一的避风港

在夜空中飘浮着哼鸣的蓝鲸

尾鳍如同莫比乌斯环 无穷无尽交织成永远

也不必从此孑然一身 也不必繁花似锦

三千世界琉璃境 谁能执笔绘朱阙


多少次梦魇 重现 笑靥 也早知一场虚拟

像荒唐的霓虹 将糖果色星云溺亡

也是突然闪现的瞬间 福至心灵却悲欣交集

你说世人执念 沉没 轮回是冰冷的伏线

滑向了须臾 破晓 昏暗的萤火中潮汐在逆流

多少个彼岸三千繁华 终落幕在此端

一切皆相对 他们目之所及我们的遗憾

在那琉璃境中 也落得圆满

像是霓虹传说吞噬了星河之间终点线

也是落幕云霞烧尽了一片空白的残寐


那一瞬恍然是瞬时或亘古

谁将两极吞噬 沉溺 分化成虚妄与疾风

虹色天光之中幻梦般烟花

你早知皆是冥空之中无尽的漩涡

却放任着墨色波澜肆意坠落

那是闪烁的星海 晨昏之间得片刻安然

谁又执红伞渡彼岸 也作路下尘

像是逸翩孤风 逃逸在心底的云端

谁将一百三十九场春秋幻化成传说

似是曼珠沙华跌落海底 疯狂地陷落

也许再也无法寻觅的失重

在星流中将天河俯瞰 像是云鸟在云端齐鸣


你说幻台倾倒 七重空境 爱焰 假象

是纱幕落烟华红烛烧成尘烬

琉璃之间谁能以一朝悲欢聚散 酿成浊酒

一杯却是清欢 逃离彼岸的星云

三千夜色无边 似蓝紫眩光中海洋

从最初到最终 也数不清过往的意义

那是无数次缠绵 沦陷 坠落成为海平面光线

化作泡沫融入海底 划破长空的虚拟

像是红色丝线牵引了灵魂的轨迹

一场凋零也是盛放 涅槃也是眷恋


谁能依存着星际之间最初的保护色

将霞光中的流萤飞散成世纪之初暖意

也是瞬时 虚妄 烟云抹去了将被遗忘的弧线

那是温柔的云霓与光芒 溶解了一切的初源

那一瞬是伊始 也是繁华过后终成空

渡得了彼岸尘嚣 却渡不了缘聚离分

敌不过无尽迭代的漩涡 却为何沉沦

你说一切弥散 顺着旋律跃升 俯冲 抹去踪迹

被无数次重写的回溯 也是光景之间的圆满

似缘落 寂灭 烟尘也是千载轮回的假象

谁能循着幻梦与心迹 再度吞噬了霞光

七重轮回里如同庞加莱重现

一遍又一遍直到一切消亡的终点

终点却是另一个始源 莫名被牵引

在那无数次重演之中 你在衰变中对话时间


那是霓虹色海洋与蔚蓝色星云

是谁心底旖旎的光景与风烟

救赎却是原罪 当断不断其必乱

一步步在深海与墨色中俯瞰潮汐侵袭

似那烛火吞噬融化 珠泪凝成昔年的暮光

不再去在意定义与谶语 也是盛放之时

散落成无尽星云的碎片 在下坠中重获新生

在一秒钟之内 生灭轮回多少次

曾经的温柔登陆计划在烟茶色时分化作尘嚣

便如同 无疾而终的阑珊灯火


那是霞光尽头落幕的茜色幻梦

七重梦寐里谁在低吟着梵音与心迹

化作蔚蓝色余韵 也是逐渐吞噬的回音

弥散消湮成 未曾拥有却朝夕为伴的星轨

偏离了既定的轨迹与定义 是千里烟波浩渺

似瞬间 亘古 时之沙滑过琉璃镜般的水面

似蜉蝣在痴妄 执念着云霓的意义

那是一场疯狂 贪婪 不知餍足的天性

也似落幕 渡河 在深海底涌起的烈焰


尘嚣恍若白雾与余晖 在幻梦中成永恒

时间与时空错乱 意义消逝粉碎在边缘

似钟轮虫写下的符文 难辨的虚妄与苍茫

是谁在断续的折线中 无数次消亡又新生

似乎是灵态的蜉蝣 固执着水平面的定义

实则为一场虚拟的盛世 三千琉璃作齑粉


是什么瞬时掷地应声粉碎在风月与夜色中

无边的花海与霓虹色光景

在那时那刻的永恒相对于

亘古便是须臾 天幕恍若尘泥

谁固执于时间的意义 星海之中泯苦乐

定义再度被消解 显像管里留不住的画面

那是斑驳的漩涡与虹色交响

天光之中的烈焰却烧成了冰凌

无边无际云海与旖旎的白霜 也是雪落天际

是修罗的庇佑 得霞光之中片刻沉静

谁在迭代里吞噬了时间 却磨不平岁月
人类的感知馥郁又渺茫 似远方的折线
是春日的落风与寒秋之时云霞色牡丹
也是星轨之间无数次漫游的陷阱
直至跃升至顶端被月色与时空吞噬
仓皇之中的降临 无法恰如其分地描述
却将回忆选择性抹去 解离 复制又销毁
微弱的轨道与曲线 却能摧毁旷世波澜

那是无数次吞噬 沦陷 溯洄的光景
云霓境中隐匿了潮汐的罅隙
再度循着思绪被牵引 落入往昔的金色丝线
似藤蔓般蜿蜒缠绕 在无尽漩涡中逸散
逃离 回旋 滑落是夜风中虹光
吞噬了星河与余晖 也成心底惊鸿曲
若能安眠到未来 十年之后还是未变的模样

在粉色的孤独星球上 承载着世人最后的浪漫
终有一天亦会因星夜与晨曦而消亡
在消亡和孤独里 或许能看见在孤独之外
一切事物用斑斓而色彩绚丽的釉彩

染成无尽的星河与天幕

在漫无边际的夜色中是无数个霓虹色星球

在那宇宙式的缥缈与沉寂中

你的所见所思究竟是什么

在那漫无边际的断崖与余晖中 折旧了时间


也许一转身便是终点线 却再度衰变

循着呼吸节奏旋律 云端的绮鸾也化作虚拟

在晨曦之中烫金的华丽诗篇

以如雪的飞絮覆盖 将字里行间的玄机掩藏

银河的尽头蓝鲸也展开了巨大的翅膀

像是海市蜃楼般的建筑 又像是回音的波澜

绵延不绝肆意翻涌 在 每一次疯狂陷落中

你却说越是挣扎越是跌落 越是沉沦越是清醒

参不透便恰恰是别样的参透 亦是万物的初源

在那绚丽璀璨的北极光中 是闪烁的旋转星河

随着潮汐在不断起伏汹涌的波澜中

终究幸得被吹向最初的平静港湾


那是恰如其分的紫金色与烟粉色交织

是无比巨大而清明的湖面 流光作碎屑

夕暮的霞光折射着珐琅 在水面流动

也是晨昏作流朱 暮紫作昏晓的欣然光景

像是眩目的霓虹 皆是虚妄的漩涡

半尺悲欣半世幻夜 也作流光溢彩的甜蜜

是欢沁 沦落 迷恋于心底惊鸿般的温柔色系

那是圆满得近乎悲哀与凄凉的空寂漩涡

在无数的云翳碎片与苍茫光景中

谁又能到达所谓的无限与永远


像是樱粉色霞光 在瞬时被剥离被吞噬

逆行者的深渊 像是那云鸟粉碎在星夜之中

无尽的跌落与绚烂的眷恋

是谁将思慕迭代成流沙叹息成心底永恒星辉与守护

是谁将最后一丝甜蜜水雾吹向世间与时光

在跃升中 蓦然跌落于倒带的折线

终是风月化为雨 一百三十九出折子戏

未必能成谁人范本 过往如真亦是幻

相对于幻景而言这世间万物便是真实

然而相对于戏文而言 红尘与你我皆幻景


看星辉被染上绚丽而缥缈颜色 也是绝美花火

像那一瞬烟华绚烂 骤然而至的光芒

成往昔心底始终无法触及的迷恋与眷念

那是圆满的烟霞色 也是福至心灵的遐思

是谁言"海上明月共潮生" 奈何终究成空

然而相对于此间定格的一瞬而言 便是永恒

沉溺于惊鸿 又何必在意是否终为虚妄

也许在亘古的星河之间 我们亦渺小如尘沙


一切事物到达极点之后 便是另一个极端

尘埃是为极渺小之物 然而比尘埃更渺小

是那被定义为冥空的沉黑如墨

在星系之间的旋律中 它一无所有

故而能容万物 也是最为庞大的空境

就连那猛犸与巨大的机械城 在它面前

也似乎是渺小如尘埃的存在

一切皆如无尽的回环 无始无终直到尽头

奈何尽头难觅 只剩缓缓落幕的星空


谁用琥珀色眼眸将流星与云霓俯瞰

也曾簇拥着光线 滑入无尽的星风

漩涡之间似乎有无穷的距离 谁人曾提笔

写下一语成谶的虚妄与余晖 丝丝环环

像那雪落暮色 将纯白纺成离丝缠作茧


是谁画地为牢甘愿沉溺 跌堕 涅槃又获新生

谁拾起被抹去的回忆 将记忆水路改变

在星系之间是无尽的漩涡 断裂 吞噬 封锁

凛冽日光掷地 应声粉碎在温暖的海渊

那缥缈孤寂的海洋 似眼前骤然出现的波澜

在余光之中俯瞰墨蓝色潮汐 跃入星云

沉溺于温暖的月色与清冷通透的气息

如此便是安然而绚烂的美好 似那曼珠沙华

也似谁在翩然夜色中 逐渐浅淡的呼吸


温柔绚烂又旖旎 是星辰之间的暖色

被那束光牵引 便能到达灵魂的彼岸

谁在七秒长安里 烧灼了百世的星辉与余韵

谁摘下四光年之外的蓝紫色星球

将它化作一颗有着霓虹极光的宝石

将它镶嵌在项链之上 就是在心口留住了时间

那一瞬缱绻又空灵 似乎一切丧失了定义

旋律的乐谱擅自消湮 成为世纪之初的弧线

却能循着思绪与呼吸 直到落于云层之间

便自称是一场风花雪月 一场折旧的悲欢


你可知在天幕的尽头 万千霓虹湮灭于尘灰

是蓝色云翳中灵魂碎片 与昔日的神秘小岛

那是一个曾经繁华如今荒芜的古老国度

温度急剧下降 它也被冰川永远冰封

成了散落在这蓝色星球上

唯一的一颗世人所深爱的天然明珠

曾有人言 其状如琉璃球中三千世界 终是触不可及

只有那绚烂的光芒 在不为人知的星系重生

若是能借由这一念 抓住星流漩涡最后的尾巴

便能于那琉璃球中 在衰变与解离中与时间对话


时间犹如孟婆的衣摆 顺着那沉黑的墨色

蔓延成了一条亲昵又陌生的航线

一念之间便是无尽跌落的漩涡 逆流而上

温柔的漩涡不会伤害你 它会成为你所愿

切莫将它当作这浮世之间最后的救赎

毕竟了无牵挂执念 才能在四光年之外逸脱

疯狂陷落中逃离这片巨大的游乐场

跌入了五彩斑斓光环与眩目的时空隧道

从未执着于今是何世 只沉迷星辉与霞光

晨曦洒落在枝上斑驳了旧时白墙

有风拂过携你踏遍了亭台楼榭与水泥森林

在最后一秒星辰降临之际 逆着光而来

像是那年夏夜初慕恋 流光翔翩的波澜

过境的南风有几分微微的甜蜜 好似难以逃离


在那南风的回旋之中 有什么也化作了星空

那是虚拟的漩涡 无尽的浪漫下坠与逃逸

是世人心底的纯白色小岛 有着一片雪原

那雪却丝毫不冰冷 反而如暖色霓虹般

带着几分令人心颤直至彻底沦陷的波澜

在无穷无尽的随机时间线里 再度被牵引

那是蓦然之间 也是渺短悠长岁月

真希望 能够借由这漫天飞花与星芒

踏上远航的旅途 一路走来唯独时光不朽


世人皆爱贪嗔痴怨 执着于此时此刻

却无人去探寻 沉沦于灵魂的意义

比久远更远的笑靥 掩饰着谁心中的空城

在渺茫的音讯中 烧不尽的唯独一段时光

它被尘封在这一百三十九段过往与空境中

无爱无思 却自是无关情潮的花月旖旎

那是空寂 幻灭 陷落在每一寸心田之中

就好像心脏被灼伤化成水 成星河桃花酿

殷红得夜莺的玫瑰都失色 谁以心头血为钥匙

开启了新一轮跌落 你早已习以为常


分不清天幕与璀璨星河 你固执迷离

在那尘埃的意义中 妄图回溯从前的彼岸

怎奈何幻台倾倒 早已再无彼岸与光华

巨大的极地玄冰之间 是谁的眼泪将冰魂溶解

正是冰上人见冰下人 那是被尘封的暮光

在无尽的岁月里 不过最擅长把人抛

应是终为两极 是沉沙之中的虚拟漩涡

像是一小块凝固的时间 闪烁着湖蓝色光晕

时间上有美丽的折线 摸起来像是粉红色海滩

它柔软似浅海的细沙 缥缈似夜色中流萤

在断续的光芒中 消湮了所有痛楚与悲伤


苍穹闪烁也不及那温柔裙摆环绕我

如同空灵断续的回音 在无尽旋律中抚我心伤

走过无数场潮起潮落的轮回 星弦之间的春秋

谁又能将瞬间凝固成永远 你早知所谓永远

于更远的边际而言 不过只是转瞬之间

那是肆意的消逝 疯狂的陷落 无尽的云海

是无数次跃升与跌落 将落日也作笑谈

那是空寂岁月中唯一的启明星

仅仅存在于那一个瞬间 随后便沉入永夜

在那沉黑如墨的茧中 将自己裹挟蜷缩

好似停步不前的钟轮虫 谁人阖上眼眸

便再也难辨那清澈瞳仁中记载的过往

与一百三十九场悲欢幻化的海市蜃楼


最后一场幻境里你回眸笑得多温暖

就如同夏夜的南风融化了霜雪 溶落海底

成了那迟暮余晖 依稀可辨的句语千愿

福至心灵是那盛世烟火坠落一瞬 消湮成惊鸿

航道消亡在尽头的时间线 也算得圆满

那是云霓 烟霞 星辰 也是一场漫无边际

于往昔心底鎏金岁月中徜徉 改写了多少悲欣

一百三十九重微小的三千世界 照水月轮回

是月色朦胧悸动与柔婉却洒脱的匕首

刺入了心房 最后一滴心头血向上飞去


那血色之中是第一百四十重世界 世称琉璃境

虽历经了折子戏般悲欢 也是终得圆满

无尽轮回里一次次逆行时间 飞跃了乌托邦

在银河系边缘 虹色天光如水弥散

那是最后的维度在蜃影里沉没 亦是新生

情愿坠落在这一场繁星与余晖之间

谁能参透万般所见皆虚妄 早知如此牵绊人心

灯花下落子无悔 只求一场霓虹色海洋中的绮罗梦

像是一条痴恋着星辰的鱼 从此方游到彼岸

每一寸画卷是在讲述与回忆 无尽的记忆水路

琉璃境不过一场蜃影罢了 却足以终得圆满

**图书在版编目（CIP）数据**

莎黎的幻境 / 曼星著. —— 上海：上海三联书店，
2022.8
ISBN 978-7-5426-7677-1

Ⅰ. ①莎… Ⅱ. ①曼… Ⅲ. ①诗集 — 中国 — 当代
Ⅳ. ① I227

中国版本图书馆 CIP 数据核字（2022）第 026448 号


# 莎黎的幻境

著　　者 / 曼　星
责任编辑 / 李巧媚
装帧设计 / ONE → ONE
监　　制 / 姚　军
责任校对 / 王凌霄

出版发行 / 上海三联书店
　　　　　（200030）中国上海市漕溪北路 331 号 A 座 6 楼
邮　　箱 / sdxsanlian@sina.com
邮购电话 / 021-22895540
印　　刷 / 杭州佳园彩色印刷有限公司

版　　次 / 2022 年 8 月第 1 版
印　　次 / 2022 年 8 月第 1 次印刷
开　　本 / 787 mm×1092 mm  1/32
字　　数 / 144 千字
印　　张 / 12.75
书　　号 / ISBN 978-7-5426-7677-1 / I·1759
定　　价 / 58.00 元

敬启读者，如发现本书有质量问题，请与印刷厂联系：0571-85047183